Tiara Label

ティアラ文庫

子作りミッション発生中!?
異世界で聖女に転生したら、
軍人王に溺愛されまして

しみず水都

JN249875

プランタン出版

Contents

※本作品の内容はすべてフィクションです。

序章

「あ……あぁ……っ」

天蓋付きのベッドの中に、吐息混じりの濡れた声が響く。

「……いいか?」

掠れた低い声に問われて、背中がぞくぞくする。

「い……いい……」

恥じらいながら答えると、彼はわたしの身体に穿《うが》つ熱棒を、ぐぐっと最奥まで押し込んだ。

「ひいうっ!」

ぬちゅっという粘り気のある水音が上がり、身体が上下に大きく揺れる。

強い快感が腰の奥に発生した。

わたしは反射的に背中を反らせ、声を上げる。

「うん、中がすごく締まった」

嬉しそうな彼の声。

「ああ、奥が……っ」

蜜壺の中に、灼けるような快感が溢れ出てくる。

刺激の強さに身体が逃げようとするけれど、上から覆い被さる彼に抱き締められていて動けない。

「あなたが愛しくてたまらない」

強く熱棒を抽送させながら、わたしの耳に囁く。

「は……あぁ、わ、わたしも……愛して……る」

快感の熱に溺れながら言葉を返した。

愛している。

彼と交わりながら、この言葉を何度発しただろう。

凛々しくて精悍な彼は、わたしを深く愛してくれている。

わたしにとっても彼は、生まれて初めて愛した男性だ。

心の相性も身体の相性も抜群で、周りからも祝福されている。

けれど……。

この上ない幸せな状態であればあるほど、辛さが増す。

感じれば感じるほど、悲しい。

こんなに愛しているのに。

こんなに幸せなのに。

こんなにひとつになれているのに。

官能の交わりの中で繰り返される問いかけ。

最後には快感の頂点に登りつめ、わたしの意識はぽっかりと空いた闇の深淵に吸い込まれていく。

第一章　魔女っ子と女子高生

あの日、わたしは魔女を拾った。

正確に言えば、ちょっと違うのだけれど……。

「なにこれ？」

雨上がりの道ばたに、人形の首が落ちていた。金髪のツインテールで、クルクルしている毛先と首が、雨水にべっちょり浸かっている。

頭の大きさは握りこぶしより小さい。薄紅の艶やかな頰と桃色の唇、伏し目がちの長いまつげの下に、緑色の瞳が見えている。

「ビスクドールってやつ？」

小さいけれど、とても高価そうな人形の首だ。

「壊れたからこんなところに捨てられちゃったのかな。かわいそうに……」

つぶやきながら見下ろす。汚れて胴体のない人形の首には価値がなく、捨てられていても誰も拾わない。

なんだかそこに、自分を重ねてしまった。

わたしは誰にも必要とされない。空気のような存在なのだ。

友人とはＳＮＳで繋がっているだけで、クラスや学校が変わると関係は自然に消滅する。高校は偏差値だけで決めたので愛着はない。彼氏いない歴は年齢と同じ。家族はいるけど、容姿も性格も成績もいい弟だけを、両親は溺愛していた。

「我が一族で初の東大生となるかもしれん」

と、頑固な祖父さえも弟には一目置いている。

容姿は普通、成績も凡庸なわたしは、いてもいなくてもいい存在だ。いや、もしかしたらいない方がいいのかもしれない。

いるだけでコストがかかっている。

「まあ、しょうがないんだけどさ……」

生まれる家を選ぶことも、生まれる子を選ぶこともできないのだ。お互い運命だと諦めるしかない。

生きているから食べて寝て、高校三年だから大学とか進路なんかを決めなくてはならないのが、今のわたしの状況だ。

だけど、やりたいこととかなりたい職業とか、目標とする将来像がわたしにはない。とりあえず大学にと言われるし、それでいいかなと思うけど、受験勉強はめんどくさくて嫌だ。しかしながら、推薦で入れるほど成績は良くない。これでは親も期待のしようがないので、優秀でやる気のある弟にかかりきりになるのは当然だ。

「この子と同じよね……」

ため息をつきながらかがむ。

「いくら捨てられたとはいえ、こんなところに置いてあったら車に轢《ひ》かれてしまうよねえ。せめてちゃんとしたゴミ捨て場に置いてあげよ」

小さな生首のような人形の頭部を摑んだ。

「え?」

予想外にずしりとしている。

「まさか?」

頭を持ち上げると、水たまりの中からズルズルッと胴体が出てきた。

「ええええ?」

水たまりの深さは五センチもない。なのに、二十センチくらいの胴体が出てきたのである。

「ど……どうなってるの？」

人形はピラピラのフリルがついたドレスを着ていて、レースの靴下とピンク色のエナメル靴を履いていた。

しかも、なんか動いている。半目だったまぶたが上がり、緑色の瞳がギョロリとこちらに向けられた。

「……っ！」

驚いて言葉が出ず、目を見開いて人形を凝視する。

めっちゃ怖い！　なにこれ呪いの人形⁉

「ちょっと、頭を離してよ。痛いわ！」

人形がしゃべった！

キンキンした高めの声で偉そうに……。

「わわわっ！」

頭を摑んでいた手をぱっと広げる。すると人形はゆっくりと落下し、ふわりと地面に降り立った。

「ふう。ひどい目に遭ったわ。危うく消えちゃうところだった。もう、自慢の髪がぐしゃぐしゃ」

ぷんむくれながら、人形はツインテールの巻き毛を指でクルクルしている。

肌はもっちりしていて柔らかそうだし、表情も滑らかだ。

どう見ても生きている。人形というより、サイズの小さい幼女だと思った方がいいかもしれない。

「あの……アンタ、何もの？」

わたしはかがんだまま人形に問いかけた。

「え？」

人形は髪から手を放す。

片眉を上げ、不機嫌そうな表情でわたしの顔を見上げた。

「アタシに向かってアンタとは何よ！　サーシャさまとお呼び！」

両手を腰に当て、胸を張って言い返された。

「サーシャさまって、偉そうに……アンタは何さまなわけ？」

負けじとわたしも腰に手を当てて、思い切り上から目線で問い返す。

「あら知らないの？」

心外だというふうな顔を向けられた。小さい身体を思いきりのけ反らせ、不遜な態度で見上げてくる。

「知らないわよ」

当然でしょと見下ろす。

「アタシは魔界の王の娘で、次期魔王になるのよ」

「それって魔女ってこと?」

「まあ、簡単に言えばそうかしら」

「こんな泥水の中から出てきた人形みたいな生き物が、魔女?」

水たまりにハマっていたとしか見えない。そんな間抜けで人形みたいに小さな魔女がいるだろうか。しかも魔王になるのだという。

そもそもここは人間の住む世界なので、魔女とか魔王とか言われても、頭がおかしいのかと突っ込むところである。けれど、人形がしゃべっているという事実のせいで、妙な説得力があった。

「ど、泥水から好きで出てきたわけじゃないわ。これには深ーい理由があるのよ」

胡散臭《うさんくさ》い目で見つめるわたしに、ちょっと頬を赤らめてサーシャが答えた。何か恥ずかしい事情がありそうである。

「どういう理由よ。言ってみなさいよ」

問い詰めてみた。どうせ急ぐ用事もないのだ。このへんてこりんな魔女の相手でもしてやろう。

「アタシは今ちょっと修行中で、水飛びの魔術を試していたの。水飛びっていうのはね、水から水へ瞬間移動をする魔術よ」

「それでそこの水たまりに飛んじゃったの？」

「そうよ。でも予想外に浅くて小さかったから、抜けられなくなったのよ」

「他の水たまりに飛べばいいじゃない」

「あのね。水飛びするには手で印を作って呪文を唱えなくてはならないの。でもここ、浅くて手が出せないし、身体を小さくする魔法に使う杖も出せなくて……」

それでハマったまま困っていたという。

「ふーん。もしわたしが引っ張り出してあげなかったら、どうなってたの？」

「ずっとあのままよ」

むっとしてサーシャが答えた。

「へー。じゃあさ、車が来て轢かれちゃったら？」

意地悪な質問をぶつけてみる。

「……し、消滅していたかも……」

すごく悔しそうに告げるとうつむいた。サーシャにとって言いたくないことらしい。

「魔女も死んじゃうってこと？」

「手や杖を封じられたら、復活の魔法が使えないからね……魔女だって命はあるのよ。永遠なんてものはこの世にないわ」

口を尖らせて答える。

「つまり、わたしは命の恩人だということね？」

「そうなるかしら」

不本意という表情で返された。

「それならサーシャはわたしのことを、万里花《まりか》さまと呼ぶべきではない？」

首をかしげ、横目でサーシャを見る。

「え……そ、それはまあ……。おまえ万里花っていうのか？」

サーシャの質問にこくりとうなずいた。わたしは心が広いので、おまえ呼ばわりされても、さまづけでなくとも怒ったりしない。

「助けてくれたお礼は、ちゃんとするわよ」

ぷいっと横を向いてサーシャが答える。

「あら、なにをくれるの？」

魔女だから珍しいものを持っていそうだ。でっかい真珠の珠とかダイヤモンドなんかいいなあ。わたしはわくわくしながら想像したのだが……。

「万里花をアタシの弟子にしてやる」

予想外の言葉が耳に届く。

「は？　弟子？」

目を瞬かせながら思わず聞き返した。

「わたしは助けてあげたのよ。それなのに弟子？　わたしは魔女になりたいとか思っていないんだけど」

しかもこんなピラピラメイド服みたいなの着て、ツインテールのロリ風味な魔女なんて、冗談じゃない。

「でも万里花はアタシの弟子にならなければ、すぐに死んじゃうよ？」

真面目な表情で恐ろしいことを言われた。

「な、な、なにそれ、脅し？　魔女の弟子になるのを断ったからって、報復にわたしの命を取るわけ？」

一瞬怯《おび》えてしまったのを隠すように、強い口調でサーシャに抗議する。

「いや、脅してるんじゃなくて。人間の運命みたいなのは、アタシちょっと見えるのよ。この天界の杖で」

手にした青い棒を回すと、目を閉じたわたしの顔が浮かび上がる。地面に横たわっていて、額や頬に血痕のような赤いものがべっとりついていた。

事故死という三文字が頭の中に浮かぶ。

「や、やだ、死ぬなんて、そういう冗談はやめてよ。悪趣味！」

なんか雲行きが怪しくなってきた。サーシャをからかいながらこの変な状況を楽しもうとしていただけなのに……。

そもそも、なんでこんなことになったんだっけ？

魔女とかありえないでしょ？

あ、これって、もしかして、夢？

そうだこれは夢かもしれない。今は授業中かなんかで、わたしは眠っているんだわ。確か今日は、苦手な物理の授業があった。嫌いな数学の時間かもしれない。

「夢じゃないよ」

まるでわたしの思考を読んだかのように、サーシャが言った。

「現実だっていうの？　やめてよ！　あ、ありえないわ！」

あたりを見回すが、住宅地のために通行人はいない。塀の向こうからどこかの番犬がわんわん吠えているのが聞こえるだけだ。

もしかして、ここにいたらやばい？

わたしは禍々しいものを感じた。頭の中にも、黄色信号が点滅し始める。

夢でも夢でなくても、ここから離れた方がいいのかもしれない。そもそも魔女なんて、不幸を運んでくる疫病神《やくびょうがみ》みたいなものだ。

考えがまとまったわたしは、急いでサーシャに背を向ける。

「弟子にはならないし、死んだりもしないわ。じゃあね！」

大通りに向かって走り出した。

いくらやる気のない人生を送っているとはいえ、死にたくはない。へんてこりんな魔女の弟子なんかにもなりたくない。

夢なら早く醒めてよ！

心の中で叫びながら走ったところ……。

……あれ……。

目の前に大型トラック。

耳に届く急ブレーキの音。

衝撃。

ちょ、ちょっと、嘘でしょ？

夢でしょ？

やだ、なんで？

一瞬真っ暗になったあと、身体がすーっと浮き上がった。

「ほーら。死んじゃったでしょ？」

耳元にサーシャの得意げな声。

眼下には、高校の制服を着て倒れているわたしとトラック。さっきサーシャに見せられたのと同じ血痕……。

「あれはわたしの身体だわ。どうして？　わたしここにいるのに？」

「身体は死んじゃったのよ。ここにいるのは、いわゆる魂ってやつよ」

「じょ、冗談じゃないわ。弟子になるのを断ったからって、わたしを殺すことないじゃない！」

抗議の言葉をサーシャに投げつける。

「アタシが殺したんじゃないわよ。人聞き悪いわねえ。あのね、これは万里花の運命なのよ。アタシの弟子という幸運を手放したせいで起きてしまった、最悪の事態ってやつ」

「そんなことどうでもいいわ。とにかくわたしをあそこに戻して！　早く生き返らせてよ。魔女ならできるでしょ！」

語気を強めてサーシャに命じた。するとサーシャは眉をハの字にして、両手のひらを上に向けている。

「無理よ。死んだ人間を生き返らせることはできないわ。残念だけど……っ、わっ、なにするのよ」

わたしはおすまし顔で答えるサーシャの胸ぐらに手を伸ばした。魂になっても意志の力で手を使えるらしい。

サーシャのピラピラレースがついた胸の飾りを掴み、ぐっと引き寄せる。

「いいから生き返らせて！　元の女子高生に戻してよ」

凄んで命じた。

「だ、だから、無理だって」

ツインテールを揺らしながら左右に首を振っている。

「あっそ、それならおまえもあの水たまりに突っ込むわよ！」

サーシャを助けた水たまりに、胸ぐらを掴んだ手をぐいっと向けた。このままぶん投げたら、サーシャは路地にあるあの水たまりに突っ込んでいきそうだ。

「きゃあ、待って、それはだめ、わ、わかった。な、何とかするから」

「やっぱり何とかなるのね」

わたしはサーシャを自分の方に向けて手を放した。

「すごくめんどうくさいけどね。そもそも、万里花が素直にアタシの弟子になればこんなことにならなかったのに……」

乱れた髪を整え、ぶつぶつ言いながらサーシャが見上げてくる。

「だって本当に死ぬなんて思わなかったんだもの。弟子になってあげるから早く元に戻して！」

「もう弟子にはできないし、そんなにすぐには戻れないわよ」

「なんですって？」

言い返してきたサーシャを睨《にら》む。

「だから、弟子にして運命を変えるって方法は、死んじゃったら使えないのよ」

サーシャの説明に、わたしははっとした。確かに死んでしまったら、運命を変えたところで生き返るというのは無理な話である。

「でもさっき何とかするって言ったじゃない」

思い出して詰め寄った。

「またあの水たまりに投げられたらたまらないもの。それにまあ、万里花は一応命の恩人だから、ワンチャン助けてあげてもいいかなって……」

「いい心がけだわ。もったいぶらないでさあ、戻して！」

「さっきから言ってるけど、簡単には戻れないのよ。でも、聖なる石が手に入れば、ほんの少しだけ時間を戻せるわ」

時間を戻せば生きているのだから、それから運命を変えればいいという。なるほど。

「それはいいわね。ではそれを早く使って」

「アタシは聖なる石を持っていないわ」

「持ってないってどういうことよ！」

「魔女だからね。そういうのは持てないの」

「それならだめじゃない」

がっかりしながら下を見る。わたしは死んだままで、近くにある水たまりが光を反射していた。水たまりに映っているのは空だけ。空と水たまりの間に浮かんでいるわたしは、影すらも映っていない。

大きくため息をついたら、サーシャが引き攣った顔で首を横に振った。わたしがあそこに彼女を投げ込むのかと思ったらしい。

「あ、慌てないでよ。聖なる石は天界からもらえるから」

焦った表情で言葉を繋いだ。

「天界？」

「そう。魔界よりずっと上の方にあって、この世やあの世を管理しているところよ。そこからの依頼を処理すれば、お礼として聖なる石を賜ることができるの」

「わたしが依頼を処理するの？　それはどういう内容で、どうやればいいの？」

そもそも天界だの魔界だのということ自体、理解に苦しむ設定だ。けれど、そんなことも言っていられない。

「依頼によって違うんだけど、天界からの依頼は今のところ一件しかないから、必然的にそれをするしかないのよね……」

ちょっと困った顔でサーシャがわたしを見た。

何かとんでもない依頼なのかもしれない。救世主になって人々を救済して回り、丘の上で磔《はりつけ》にされるとかだろうか。

「ど、どんなの？」

恐る恐る問いかけた。

「聖女になって異世界を救うっていうので……」

「聖女？」

なんじゃそれは？

「うん。でも……もしも万里花が……えっと、処女じゃなければ、この話はなかったことになるわ」

上目遣いで言いにくそうに告げられる。

「わ、わたしが……っ！」

真っ赤になって絶句した。なんで会ったばかりの相手に、そんなことを聞かれないといけないの!?

「聖女だからね……やっぱ綺麗な身体じゃないと……」

まるでわたしが性に奔放なアバズレだというような視線を、サーシャから向けられる。

「わたしが綺麗な身体じゃないと思っているの？　失礼ね！」

目を見開いて抗議した。

「てことは処女なのね？」

顔を斜めにしてサーシャがわたしを見上げる。まだちょっと疑っている顔だ。

「悪かったわね」

彼氏いない歴が年齢の数なのよと、心の中で毒づく。

本当は彼氏欲しいし、Hなんかにも興味ないわけじゃない。でも、いろいろあってそういう機会が訪れず、今に至っているだけなのだ。

そうよ。彼氏もいないのに、死んじゃうなんて嫌だわ。

「とにかく、聖女でもなんでもやるから、生き返らせてよ！」

「わかったわ。じゃあ、まず聖女の修行をして、それから異世界に行って……」

「そこでその世界を救えばいいのね？」

「まあそうなんだけど、その世界を救うには……、王さまの子を産まなくてはいけなくてね……」

「ええええっ？　王さまの子を産むって……それって、王さまと、エ、エッチをするということ？」

「そうなの」

サーシャがこくんとうなずく。

「どうしてそれが異世界を救うことになるのよ」

「王なる者と聖なる者の血を引く者が次の王になることで、その世界が安定するからよ。世界を安定させるために神が力を与えるのは珍しいことではないわ。この世界でもほら、救世主や預言者と呼ばれる特殊な力を持つ者が、二千年ほど前にいたでしょう？」

キリストや釈迦のことを言っていたらしい。確かに不思議な力を持っていたという伝説がある。

「ってことは、わたしが救世主を産むの？　マリアさまみたいに？」

「そうだけど、処女懐妊じゃないわよ。ちゃんと王さまと交わってもらうわ」

「ま……っ！」

サーシャの言葉に顔が真っ赤になった。そっちの言葉の方がいかがわしい気がする……。

「どうする？　やるなら手配するけど、やらなければ処女のままあの世に行くことになるわよ」

「あの世って……どういうところ？」

知らない世界で見ず知らずの王さまとエッチして元に戻るより、お花が咲いていて蝶のような天使が飛び交っていて、美味しいもの食べ放題ならそれも悪くないかも。

「魂の倉庫だわね。なんにもないわよ」

「ないの？」

わたしの予想はハズレた。

「すーっと昇っていって、天界の倉庫で他の魂と混ざっておしまい。神がそこから新しい魂を作って、各世界に配布するの」

「じゃあわたしの魂は、わたしではなくなるの？」

「みんな一緒になるのよ。いわゆる素材ってやつかな。粘土みたいなもん」

「そんなの嫌だわ」

たとえ誰からも必要とされていない人生だとしても、自分が消えてしまうなんて耐えられない。

「じゃあ聖女になってエッチするしかないわね」

サーシャが冷たく言い放つ。

「うう……」

わたしは唇を噛みしめた。

でも、このまま魂の倉庫に収納されたら、わたしがなくなってしまうのだ。

一度くらい恋愛とかしたかったたし、合コンなんかも行きたかった。もちろんエッチだって、好きな人としてみたかった。そのためには、なんとしても生き返り、女子高生に戻らなくてはならないのだ。

修行して聖女になって、おっさんの王さまとエッチして子どもを産む……めっちゃハードルが高い。

けど、それで戻れるのなら……。

第二章　異世界で聖女になりました

万里花はそのまま天界に連れていかれた。

「ここは聖女養成所で、講義を受けて試験に受からなくてはならないの」

隣に立っているサーシャに告げられる。

そこは真っ白い空間で、真ん中に白い椅子と机があるだけだ。

「ここが養成所？　わたしは高校の制服を着たまま講義を受けるの？」

自分の姿を見下ろして質問する。

「ここもその制服も、幻よ。実体がないとやりにくいから、魂が持っている講義や養成所、学生というもののイメージを借りてるの」

「なるほどね」

確かに魂だけでは掴みどころがなくて、いろいろやりにくそうだ。

講師は大天使という方たちが担当する。背中に羽が生えていて、白い服に長い金髪の美青年たちだ。これは自分の中にあるイメージではなく、地上界で一般的に描かれている姿らしい。

もし自分がクリスチャンとかだったら、感動してひれ伏していたかもしれないが、無宗教なのでありがたみはそれほど感じない。あえて言えば、ルネッサンス絵画を眺めているような気分である。

そして聖女になるための講義が始まったのだが……。

これがまたメッチャ難しい。まさか死んでまで勉強するなんて思いもしなかった。しかも適当に聞き流していたから、修了試験の成績は最低である。

「で、でも、なんとか初級の聖女の資格は取れたわ。はあ、疲れたあ。魂でも疲労するのね……」

試験を終えてぐったりしていたら……。

「それじゃあ異世界に降臨してもらうわよ」

サーシャがやってきて告げた。

「えっ、もう？」

急に言われて戸惑う。まだ試験を終えたばかりだ。息をつく暇もないではないか。そもそも魂だから息はしていないのだが……。

「あっちの世界では一刻を争うのよ」

サーシャが足元を指して答えた。地上にある異世界のことらしい。

「ど、どういう世界なの？　王さまってどんな人？」

困惑しながら質問する。

「それはわからないわ。アタシも行ったことのない世界だもの。でもまあ、見た感じは万里花のいた世界の西洋、いわゆるヨーロッパみたいなところかしら」

「ヨーロッパ？」

「天界からの指示書を見るとそんな感じなのよねえ」

サーシャが杖で空中を指すと、天界文字が書かれた書が浮かび上がる。

「聖女となってフェルリア王国のアーサー王の伴侶となり、王子を出産して一年間養育すること？」

天界文字が読めるようになっていた万里花は、空中に浮かんでいる指示書を見て驚愕した。

「そうよ。容姿は銀髪に紫色の瞳、唇は桃色で、衣装は……とりあえずこれでどうかしら」

　サーシャが万里花に向けて杖を振る。キラキラした星屑のような光が渦を巻いて万里花を取り囲み……。

「わ、なにこの白いドレス。あ、髪も！」

　今までずっと高校の制服で黒髪だった魂の万里花は、白いピラピラしたドレスと銀色の長い髪、象牙色の滑らかな肌になっていた。

「完璧な聖女になったわ。うふふ、アタシってセンス抜群じゃない？」

　サーシャが満足そうに笑っている。

「こ、これはまあいいけど、でも、その指示書に一歳まで養育ってあったけど、そんな話は聞いてないわよ？　王さまとの子を産めば終わりのはずではなかったの？」

　万里花はサーシャに詰め寄った。

「あら、言い忘れたかしら。まあそこはアディショナルタイムだと思ってよ。あ、名前も万里花からマリカに変更ね」

　ヨーロッパっぽい世界だから漢字名よりカタカナが似合うと言われる。

「はあ？　適当なことを言わないでよ」

　サーシャを睨みつけた。

「とにかくほら、みんな待っているから！」

大きな丸い鏡みたいなものを出して床に広げる。そこには、空から覗き込んだように地上の世界が広がっていた。

森と湖と家とお城。

「西洋のおとぎ話のような雰囲気ね」

「でしょ？　そしてあの城に降臨するのよ」

サーシャが城をズームさせた。

「人々が集まっているの？」

城の門前の広場に大勢の人がひしめいている。

「聖女さまの降臨を待っているからね」

「わたしの？」

「あの世界の救世主は聖女なの。この数か月間ずっと大雨で苦しんでいて、彼らの王さまが救いの聖女を請う願いを送ってきていた。それで天界から、本日聖女が降臨するというお告げを下したというわけ」

サーシャは腕を組み、うなずきながら事情を説明した。

「大雨って自然現象でしょ？　天界に関係あるの？」

「あるわよ。雨ごいとか神風とか、昔から聞くでしょ？」

「ええ……」

間違いではないとうなずく。

「世界は天界が創造するの。でも、作ってしばらくは天界が介入しないと、気候も社会も安定しないわ。それで救世主や聖女といった使徒を遣わして調整するわけ。マリカの世界にも、歴史の初めの頃に神や救世主が登場していたでしょう？　あれは天界から遣わされていたのよ」

サーシャは人差し指をぴんっと立て、物知り顔で説明した。

「そうなんだ。で、魔女はどうしているの？」

「魔女や魔王は、トラブルを起こして喝《かつ》を入れる役割よ。平和すぎて人口が爆発したりすると、世界はパンクしちゃうからね」

戦争を起こしたり疫病を流行らせたりしているという。

「まあ、なんて悪いことを」

マリカは顔を顰《しか》める。

「それがアタシの役割だもの。しょうがないわ。マリカをその手先にしたかったのに、死んじゃうんだから」

ぷうっと膨れて睨まれた。

「残念だったわね」

悪者の手先になんてなりたくないわ、というふうに横目で見返す。

「またどっかでいい人材を見つけるわ。それより、早くしないとみんなが待ちくたびれているわよ」

足下の丸い窓をサーシャが示した。

「そう?」

よく見ようと丸窓に顔を近づける。

「よく見えないわ」

世界がぼやけていた。

「大雨が降っているからね。あの雨を止ませるのが、聖女さまのお仕事よ」

サーシャから偉そうに告げられる。

「え、ええ……」

それはわかっている。聖女養成所でもその呪文を叩き込まれたのだ。とはいえほんの初歩だけだが……。

「ん……?」

城のテラスみたいなところに人がいる。門前にいる人たちよりも身なりがいい。

（もしかしてあれが王さま？）

「ねえサーシャ、もう少し大きくできない？」

「うーん。このくらいかなあ」

丸窓が更にズームする。王さまと思われる人物が見えた。

「う……」

灰色の髪は真ん中分けで、両耳の辺りでロールしている。口ひげが生えていて、それも毛先がくるんと丸まっていた。

トランプのキングの絵のような年配の男性である。

（あの王さまとエッチして子どもを産んで、一歳まで育てなきゃならないの？）

想像しただけでぞっとした。

覚悟はしていたものの、実際目にすると怯《ひる》んでしまう。

「ち、ちょっと考えさせて……」

と、サーシャに告げようとしたところ……。

「じゃあ頑張ってね！」

どんっと背中を押されてしまった。

「え？　ま、待って、わっ！　わあああぁぁぁ」

吸い込まれるように身体が鏡の中へ落ちていく。

「そんな！　い、いくらなんでもあんなトランプおじさんは嫌だわ！」

空に向かって手を差し出して叫んだ。だが、天空に開いていた丸い窓は無情にも閉じられてしまう。

「そんなあぁぁぁ」

身体は仰向けのまま、ふわあっとした速度で降下していく。

空は分厚い黒雲に覆われており、大粒の雨が降り注いでいた。差し出したままの手のひらから顔、身体、すべてが雨に打たれ、濡らされていく。

叫んだ口の中にも容赦なく雨が入ってくる。もちろん目にも入るので、開けていられなくなる。大粒の雨は当たると痛いし冷たい。

「んーもうっ！　エエーメヤーメアー！」

養成所で唯一習得できた呪文を、マリカは雨雲に向かって唱えた。

すると……。

雨がどんどん細かくなっていく。

痛いほど降り注いでいた大粒の雨は霧になり、マリカが地面に到着する頃にはほとんど消えていた。

「おおお！　聖女さまが降臨なさった！」

「すごいすごい、雨が上がったぞ！」

「なんて美しい聖女さまだ！」

今度は雨の代わりに、人々の視線と賞賛の声がマリカに降り注ぐ。城の門前に落ちて仰向けで横たわるマリカを、大勢の人間が取り囲み、見下ろしていた。

人々の身なりがいい。

(貴族なのかな)

「聖女さま、ようこそおいで下さいました」

誰かに声をかけられた。でも、呪文を使ったせいで疲労困憊していて動けない。話すこともできず、目を開いているだけで精一杯だった。

地上で聖女の力を使うと精魂が大幅に消費され、疲労で動けなくなると養成所で習ったが、その通りだと思った。

「雨を止ませてくださり、ありがとうございます」

すぐ近くでお礼を言われた。目を向けるとクルクルロールの髪が見える。

(あのトランプに似た王さまだわ！)

近くで見ると小太りで、金ボタンがはじけそうにお腹が出ている。人の良さそうな笑顔をしているが、大きくて黒い鼻の穴から毛が出ていた。

(ああやっぱりだめ。無理)

絶望的な気分になって目を閉じたところで、身体がすうっと浮き上がった。誰かに抱き上げられたらしい。

(……誰?)

重いまぶたを上げて視線を巡らす。

マリカを抱き上げているのは、騎士のような服を着た男性だ。青い上着に金ボタンと勲章がついている。

トランプの王さまよりずっと若そうに見えるので、騎士隊長かなにかかもしれない。視界がぼんやりしてきて細部までは見えないが、金髪に青い目をしていて素敵そうだ。

聖女の相手がせめてこのくらい若い男性ならよかったのに、と思ったところで、マリカの意識は途切れたのだった。


「皆の者！　本日待望の聖女が、我がフェルリア王国に降臨された。そして忌まわしい大雨を早速止めてくれた。神が遣わせしこの聖女マリカを我が妃とすることで、フェルリア王国は発展し、輝かしい未来に向かうことができるであろう」

聖女を抱き上げたアーサー王が、広場にいる貴族やその向こうに集まっている王国民に宣言する。

「すばらしい」

「なんという幸せ」

「雨のない世界に戻れるとは夢のようだ」

「これも聖女マリカさまと聖女を降臨せしめてくださった国王陛下のおかげだ」

「ありがたやありがたや」

城の広場に拍手と賞賛の声が広がる。

アーサー王は誇らしげな表情でうなずくと踵《きびす》を返した。聖女を抱いたまま城の中へと歩き出す。王の背後から拍手と賞賛の声が追いかけてきた。

(雨も止み、皆も喜んでいる。よかった……が……)

アーサーは困惑の表情で腕の中にいる聖女を見下ろす。

輝く白金《しろかね》の髪、白い肌にバラ色の頬。桃色の唇は思わず触れたくなるほど魅力的だ。先ほど少し開いた瞳は、深い菫色をしていたように思う。これほどまでに美しい女性を、ア

ーサーは見たことがない。

(美しくて神の力を持ち、そして清らかな聖女を妃にするなど、畏れ多いことではないだろうか)

それに、聖女の方も自分の妃になることを受け入れてくれるのかと、アーサーの胸に不安がよぎる。

「とても嫌そうな顔で寝ているように見えるのだが……」

眉間に皺を寄せ、しかめ面に近い表情で聖女は目を閉じていた。苦しいのかと思ったが、呼吸は落ち着いている。

(もしかしたら人間の王の妻になどなりたくないのかもしれない。いや、この国よりも大きくて強い国の王がよかったのだとしたら……)

「それなら私が大国の王になればいい」

アーサーは思い直すと、マリカを王妃の寝室へと運んだ。

いい匂いがしている。

重いまぶたを持ち上げると、薄絹の天蓋と美しい装飾が施された白い天井が目に映った。

(ここはどこ?)

記憶をたぐりながら視線を巡らせる。天蓋から透けて見えるのは、黄金で縁取られた棚や机などの家具調度品。つる草模様が優雅に絡みついている壁紙。壁に掛けられた金色の長細いあれは、宝剣ではないだろうか。

まるでここはお城のようである。

「城!」

そこで一気に記憶が戻った。

自分は聖女になって、異世界に降臨したのである。

マリカは大きく目を見開き、身体を起こした。金糸が織り込まれた掛布が、目の前でふんわりとめくれる。

身に着けているのはレースがたっぷりと使われた繊細なドレスだ。袖から白い腕が出ていて、肘の辺りまで銀色の髪が伸びている。

(異世界で聖女になるために、サーシャから変身させられたんだったわ)

そしてここは……フェルリア王国の城の中だ。

見回すと、ベッドの横に大理石のテーブルがあり、時計や置物、銀色のトレイや燭台などが載っている。時計は自分がいた世界とはちょっと違っていて、文字盤が七つしかない。

時計の横にある鏡と思えるものを手に取ってみた。

「……これ、わたし?」

鏡に映った自分は、銀髪に紫色の瞳で、唇は桃色をしている。サーシャが自分の姿をそうしたのは承知していたが、はっきりと顔を見たのは初めてだった。

「めちゃくちゃ美人じゃない?」

ここまで綺麗な女性は、自分がいた世界でも北欧あたりにごく少数いるかどうかだと思う。

通常なら綺麗になった自分に狂喜乱舞しているところだが、ここは異世界。テレビに出たりモデルになってちやほやされることはない。

「たぶん、電気とか通ってないよね?」

照明はランプや蠟燭《ろうそく》と思えるものがあちこちに置かれている。今は昼間のようで明るいが、夜になったらかなり暗そうだ。

「ってことは、ここでもスマホは使えないのね」

聖女の養成所にもスマホはなかった。コンビニもなかったのでここも同じだろう。

「素敵なお城だけれど、とっても不便そうね。こんな場所で何をしろというのよ」

がっくり肩を落とした瞬間、思い出してしまった。

そう、スマホやコンビニのある女子高生の生活に戻るには、王さまとエッチして子どもを産まなくてはならないのだ。

あのトランプみたいな王さまと……。

「えーやだあ……」

頬に手を当てて首を振った。すると、天蓋越しに耳のところの髪がロールした人物がこちらに近づいていることに気づく。いつの間に入ってきたのか、それともずっとここにいたのだろうか。

(あれは、あの人物は、わたしの夫となる……エッチの相手！)

彼の姿がはっきりしてくるにつれ、強い抵抗感が湧き上がってくる。

「お目覚めですか聖女さま。ご気分はいかがでしょうか」

声をかけながら天蓋の隙間から顔を覗かせた。目がくりっとしていて、丸い鼻の下に先っぽが上を向いた髭がある。これで王冠を被っていたら、まさにトランプの王さまそのものだ。

(悪い人ではなさそうだけれど、やっぱり嫌)

「あ、あまり良くないわ……」

手で顔を覆いながら答える。

「左様でございますか。陛下がとても心配なさっておいでです」

トランプの王さまが困ったように言った。

「陛下……とは？」

（それはあなたのことでは？）

顔を上げ、マリカは怪訝な表情でトランプを見る。

「我がフェルリア国のアーサー国王陛下です。聖女さまの伴侶となられるお方でございます」

四角い顔をこちらに向けて質問に答えた。

「え……あなたが国王ではないの？」

てっきりそうだと思い込んでいたので、驚きながら質問する。

「わたくしは宰相のカルタと申します。以後よろしくお見知りおきくださいませ」

片手を腹に当ててぺこりと頭を下げた。

（トランプではなくカルタなのね）

笑いたくなったが、問題はそこではない。

「で、では、王さまは、どこに？」

こちらのことの方が重要だ。首を左右に振って部屋の中を見回すが、天蓋越しに見えるのはカルタだけである。

「陛下はただいま王都へ視察に出られておいでで、お城にはいらっしゃいません」

「いないの？」

「聖女さまが雨を止ませてくださったので、長雨で被害を受けた王国を一刻も早く復興するために、国内の状況を把握して政策を決定しなければなりません。あの大雨を止めてくださり、ありがとうございます」

カルタが深々と頭を下げた。

「あ、ええ……」

雨を止めたのは本当だけれど、王国のためというより自分に降りかかるのが煩わしかったからだ。

とはいえ、聖女としてここに降りて雨を止ませることが当初からの任務である。降りる前に仕事が半分完了したということだ。

「今宵は聖女さまを歓迎する宴が開かれますゆえ、夕方には陛下もお戻りになられるでしょう」

「宴って？」

「我が国の重臣や貴族たちとの顔合わせを兼ねた舞踏会でございます」

カルタが答えた。

(舞踏会!)

マリカの頭の中に皇帝円舞曲が流れ、煌びやかなシャンデリアの下でピラピラのドレスを着た女性と黒服の男性が、手を取り合ってクルクルと踊る姿が浮かび上がる。

「わ、わたし、踊りはできないわ」

これまでダンスなどしたことはない。

「お気が進まないのであれば、聖女さまは座ってゆっくりお過ごしくださいませ。ただ、謁見用のドレスには着替えていただきませんと……そのお姿ではあの……」

天蓋の向こうでカルタはもじもじしながら告げた。

「着替え?」

と、自分を見下ろしてぎょっとした。

「な、な、なんでこんなに透けているの?」

ピラピラレースの白いドレスはかなり透けていて、うっすらと乳首が見えている。ドレスの布地が薄いということもあるが、降りてきた際に濡れたのが乾いていなかった。

「透けていたなんて……」

サーシャといた天界は、眩しいほど光り輝いていた場所だったからか、ドレスの透けに気づかなかった。

「き、着替えます！　どこで何を着ればいいの？」

掛布を胸まで引き上げてカルタに問いかける。

「は、はい。侍女たちにお任せください。レラとタラ、入りなさい」

カルタが命じると、部屋の白い扉が両側に開いた。背の低い小柄な女の子が二人、踊るように入ってくる。

二人は黒地に白いフリルのエプロンをつけたメイド服っぽいものを着ていた。目は茶色でまん丸。目と同じ色の髪はひっつめている。背丈や雰囲気で女子中学生くらいにしか見えない。

「この者たちがお手伝いいたします」

二人を天蓋の隙間に立たせた。

「レラです」

「タラです」

ぺこりと頭を下げる。

「同じ顔？」

頭を上げた彼女たちを見比べて首をかしげた。

「わたしたち双子なんです」

「双子の侍女なんです」

同じような内容を同じ声で答えた。

「あちらに衣装室がございます」

「衣装室でお着替えいたしましょう」

奥の扉を示された。


「祝いの宴にお集まりの皆々さま！　長きにわたり我が国を苦しめた豪雨を、聖女さまが上げてくださいました。その聖女のマリカさまが、おいでになられました」

カルタが大広間の入口で告げる。

「おお、聖女さまが！」

「未来の王妃さまですよね」

「どんなお方なのだろう」

「とてもお美しい方と、うかがっていますわ」

どよめきとともに人々の関心が大広間の入口に向けられた。

「ささ、どうぞ」

廊下にいたマリカへ、中に入るようカルタが促す。

「な、中に、王さまがいるの？」

着替えと食事を終えても、マリカのいた部屋にアーサーという国王は姿を見せなかった。

「あ、いえ、陛下はまだお戻りになられておりません」

眉をハの字にしたカルタから申し訳なさそうな表情を向けられる。

「まだなの？」

「かなり遠くまで視察に出られているようで、戻るのは遅くなるそうでございます。先ほど陛下の書簡鳥が、聖女さまを皆に紹介して宴を先に始めているようにとの命令書を、わたくしに運んで参りました」

電話や無線通信などがないから、鳥を使って遠方の人とやりとりしているらしい。

「では……わたしはひとりで宴に出るの？」

マリカの質問にカルタが無言でうなずいた。

異世界にある王宮の宴に、主賓のような立場で出るだけでも緊張するのに、招いた主が不在なんてハードルが高すぎる。

「わたし、作法も何も知らないわ」

「壇上にある右側の白いお席に座っていてくだされば、それで十分でございます」

カルタが大広間の奥を示した。

光沢のあるビロードっぽい臙脂《えんじ》色《いろ》の天幕の下に、ステージのような場所がある。その上に黄金で縁取られた豪華な椅子が、ふたつ並んでいた。

右側の椅子にはヒョウ柄の白い毛皮がかかっていて、そこに座っていろということらしい。

「あそこまで歩いていくの？」

大広間というだけあってとても広い。壇上までの間に、着飾った貴族っぽい人々がたくさんいた。彼らをかき分けて進むのは大変そうである。

しかも裾を引くほどにドレスのスカートが長く、めっちゃ重い。西洋のおとぎ話に出てくるお姫様のようなドレスは、小学生の頃にピアノの発表会で着たことはある。だが、こんなに重くはなかったし、足元が見えないくらい膨らんでいなかった。

「お披露目を兼ねてですので、ここは堪えてくださいませ。ささ、どうぞわたくしのあとにいらしてください」

マリカに背を向けると、カルタは大広間の中に入っていく。

「ああもう……」

仕方がないのでカルタのあとに続いて歩き出す。裾に足を取られそうになりながら、大広間に入った。

「いらしたぞ！」

「なんて美しい！」

「髪の輝きが白金のようだわ」

「滑らかで綺麗な肌ねえ」

「宝石と同じ紫色の瞳だ」

大広間に入ってすぐに、聖女を賞賛する声がいっせいに上がる。口々にマリカの美しさを褒め称えた。

（魔法で作られた仮の姿であっても、褒められるのは悪くないわ）

転ばぬように気をつけながら、マリカは胸を張って歩く。

カルタの前方にいた貴族たちが左右に割れ、壇上に向かう道ができていた。マリカは笑みを浮かべて、人々の間をゆっくりと進んでいく。

銀色の長い髪が揺れ、美しいレースのフリルがふんわりと翻った。

マリカが目の前を過ぎると、男性の貴族たちはほうっとため息をついていた。貴族の夫人や令嬢たちは、羨望の眼差しを向けてくる。

（これはいい気分かも！）

彼らに笑みを振りまいて歩いていたところ……。

「あんなひ弱そうな女に王妃が務まるのかしらね」

人々の後方からトゲのある言葉が聞こえてきた。

「キャサリンたら、聖女さまに何を言うの？」

小声で窘める声もする。

「だーいじょうぶよ。このくらい離れていたら聞こえないわよ。メラニイは臆病ねえ」

キャサリンと呼ばれている女性が言い返す。

確かに広いから離れているし、ざわめきで人々の言葉が判別しづらい。前にいる人たちはキャサリンの言葉に気づいていないようで、振り向くことなくマリカに嬉しそうな笑顔を向け続けている。

だが、マリカにだけは彼女の言葉がしっかり届いていた。聖女になると耳が良くなるのか、大勢の人たちの言っていることが全部聞き取れる。

「天女だか聖女だか知らないけど、なんか偉そうで嫌だわ」

賞賛の声の合間に、キャサリンの不満げな言葉が届いた。

「で、でも、聖女さまは、雨を止めるというわたくしたちにはない力を持っていらっしゃるのよ?」

メラニイという女性がキャサリンに問う。

「それはそうだけど、でも、たかが雨を止ませたぐらいで王妃になるなんて、図々しいと思わない?」

キャサリンが逆に問いかけた。

「神さまからのお告げでお妃さまとしていらしたのだから、それは仕方がないわよ」

「陛下はあんなの好みじゃないわ」

(あんなのって、それはないんじゃない?)

あまりの言われように我慢できず、声のする方を睨んでしまった。

人々の合間から見えたのは、赤い髪をした若い女性である。頭を提灯のように結い上げていて、羽根のついた扇で顎のあたりを押さえていた。

(え? あの女……?)

高校の同じクラスにいた加奈美《かなみ》にそっくりだった。ボス的存在だったけど人望はなく、意地悪で嫌なやつである。

（まさか加奈美もこの世界に飛ばされた？）

と一瞬思ったけれど、加奈美似のキャサリンは西洋っぽい貴族の姿にとても馴染んでいる。昨日今日この世界に来たという感じではないので、他人のそら似なのだろう。

キャサリンはマリカと目が合うと、びくっとした顔をした。でもすぐに表情を戻すと、ふんっと強がるように顔を横に向ける。

「な、なによ。ちょっと綺麗だからって……あんなの陛下の好みじゃないったら。きっと嫌々王妃にするんだわ。だから今宵の宴にいないのよ」

失礼な言葉を次々と吐き出した。

「それはありえるかもしれないけど、雨を止めてくれた聖女さまなのだから、丁寧に扱うのではないの？」

黒髪のメラニイがキャサリンに問い返す。

「そりゃあ最初は形だけでもそうするでしょ。でも、雨が上がれば聖女なんて、もう必要ないんじゃない？」

「聖なる血を引く世継ぎが生まれるわ」

「男と交わって妊娠するなんて、その時点で聖なる女ではないわよね？」

「言われてみればそうねえ」

キャサリンの言葉にメラニイが納得顔でうなずいている。

「まあ、陛下がどれだけ恐ろしい方か知ったら、天界に逃げ帰っちゃうかもね」

楽しそうにキャサリンが笑う。

(ち、ちょっと待って！　アーサー王って恐いひとなの？)

キャサリンの無礼な言動より、王さまのことが引っかかった。

アーサーという恐い王さまがいたのを、世界史の授業でやったような覚えがある。ここは異世界だから違うと思うが、自分がいた世界の西洋と名前など似たような所もあった。もし王さまも同じような暴君だとしたら……。

「聖女さま、どうなさいましたか？」

考え込んで立ち止まってしまったマリカに、カルタが声をかけてきた。

「あ、いえ、別に」

王さまが恐いのかどうかを、今ここで聞くわけにはいかない。マリカは強《こわ》ばった笑みを浮かべながら再び歩き出した。

(恐いってどんな感じなのかしら。鬼瓦みたいな顔の巨人だったら……)

想像してぞっとしたけれど、大広間にいる人々を見ると老若男女太かったり細かったり様々な容姿をしている。

カルタのようなおじさんもいるが、おとぎ話の王子さまのような、すらりとした青年もいた。

(あ、でも、王さまだから青年ではなく中年？　とにかく、もうすぐ王さまもこの宴に来るのだから、その時に嫌でもわかるわよね)

対面するまで待つしかない。

マリカは大広間の奥にある壇上まで行くと、用意された王妃の椅子に腰を下ろした。ビロードの座面がふんわりしていて、黄金の縁取りが輝いている。

「それでは陛下がおいでになられるまで、わがフェルリア王国の王侯貴族を紹介させていただきます」

カルタが恭しくマリカに告げた。彼の後ろには、すでに人々が列をなしている。

「え、ええ」

「わたくしは宰相兼カルタ侯爵の称号を賜っておりますヴォリス・カルタと申します。こちらは国王陛下の叔父であるメリル公爵と公爵夫人」

「よろしくお見知りおきを」

中年の男女がマリカの前で膝を曲げ、軽く頭を下げた。

(貴族の挨拶なんてどうすればいいの？　座ったまま頭を下げていればいいのかしら)

そういうことは教えられていない。

「よ。よろしく」

とりあえずぎこちなくうなずくと、次の男女がやってきた。

(これでいいみたいね)

「では次に公爵の……」

貴族たちが次々と挨拶にやってくる。あの赤毛のキャサリンもやってきた。

「こちらハウエル伯爵と令嬢のキャサリンです」

カルタが紹介する。ハウエル伯爵令嬢キャサリンは、近くで見るとますます加奈美に似ていた。眉と目が吊り上がっていて、鼻と顎が尖っている。悪役令嬢そのものだ。

他の貴族と同じく膝を曲げ、頭を下げてキャサリンが退いていく。壇上から降りたキャサリンは扇で口元を覆うと、近くにいた女性に近寄った。

「なんだか近くで見ても、全然聖女らしくなかったわ」

小声でその女性に訴えている。

「言われてみればそうねえ。神々しさはないかも」

キャサリンに話しかけられた女性がこちらを見た。

「聖女は神さまじゃないってことよね。偉いわけでもなんでもないわ」

キャサリンがせせら笑う。

「でも雨を止めて下さった大恩人ですわ。それで良いではありませんか」

女性は振り向くと、にっこりと笑った。彼女はマリカに対して、キャサリンのような不満は持っていないらしい。

（っていうかちょっとあの女、大恩人のわたしに対して失礼すぎない？）

キャサリンに言い返してやりたかったが、次の貴族が来たので挨拶の続きをしなくてはならない。

マリカに挨拶を終えると、人々は大広間の中央でダンスを始めている。音楽も踊り方も、どことなく自分のいた世界で見聞きしたものに似ていた。男女が手を取り合い、大広間を回りながら優雅に踊っている。

（本当におとぎ話の世界のようだわ）

シャンデリアの蠟燭やランプの光が鏡や黄金の装飾に反射して、大広間は溢れるほどの光に満ちていた。その中を正装に身を包んだ人々が踊っていて、夢のように美しい。

あのキャサリンも赤毛を揺らして踊っていた。相手は小太りの青年だが、ステップは軽やかである。

（みんな楽しそう……いいな）

自分もあんなふうに踊ってみたい。まだ見ぬ王さまに手を取られ、中央で踊る姿を想像し、うっとりする。

だが……。

ざわっという不穏なざわめきが聞こえてきて、想像の世界にいたマリカは引き戻された。

「な、なに？」

はっと前を見ると、すでに壇上から降りていたカルタが大広間の中央に向かって、小走りをしている。カルタが向かった先には大きな白い扉があった。先ほどマリカが入ってきた出入り口よりも立派で大きい。

「こ、国王陛下のお帰りでございます！」

誰かの声がして、衛兵が扉を左右から開く。

（王さまが？）

どうやら中央にあるのは国王専用扉のようだ。

（帰ってきたのだわ）

一気に緊張感が高まる。マリカは目を大きく見開き、扉を凝視した。

高らかにラッパが鳴り響き、大広間にいた楽団が荘厳な音楽を奏でている。

開いた扉の向こうから、重々しい靴音が響いてきた。

黄金に輝く王冠と白い豹柄の毛皮がマリカの目に映る。毛皮は臙脂色のマントを縁どっていて、それを羽織った男性が入ってきていた。

背が高く肩幅が広い。

マントの下はビロードの上着で、勲章と金ボタンが光っていた。艶のあるブーツを履いていて、大股でこちらに歩いてくる。

(あれが……)

近づいてくるにつれ、彼の顔がはっきり見えてきた。鼻筋が通っていて、形のいい唇を持つ口元は引き締まっている。髪は王冠と同じ金色で、凛々しい眉の下にある青い瞳が鋭い眼光を放っていた。

(うそぉ……)

マリカの想像より若くてかっこいい。

だが、予想以上に迫力があった。

顔を強ばらせたマリカを、睨みつけるように見ている。

「……っ!」

まるで肉食獣に睨まれた小動物みたいに、マリカは硬直して動けなくなった。

(王さまは、もしかして怒っている?)

湯気のようなオーラが背中から立ち上っているのを感じる。あれは怒りを表しているのではないだろうか。

そこでキャサリンが口にしていた『陛下はあの聖女を嫌々妃にするんだわ』という言葉が思い出された。

本当にそうなのかもしれない。

アーサー王は力強く歩いてきて、マリカのいる壇上に上がった。近くまで来ると、すっと視線を外してマリカに背中を向ける。

「皆の者！　忌まわしき雨が上がった。神に我々の願いが届き、聖女を遣わしてくださったおかげである。神と聖女に感謝し、喜びの宴を楽しんでくれ、と言いたいが」

言葉を句切ると、壇上で仁王立ちのまま大広間を見渡した。会場に緊張が走り、人々は沈黙する。

「長きにわたる豪雨で、どこも惨憺《さんたん》たる有様だ。王都の一部を見ただけでも、堤防のあちこちが崩壊し、浸水被害に遭っている。祝いの宴で浮かれている場合ではない！」

王の言葉に一同はざわめきながらもうなずいている。

「だが、ここにいる皆も領地が水害に遭い、寝る暇もなく対策に奔走していたのはわかっている。なので今宵は、これから王国を復興するための、決起の宴とする」

「おお！　それはいい」

「素晴らしいお言葉だ！」

「よーし！　元に戻すために頑張るぞ」

「前よりもっと良い国にしたいですわね」

同意の言葉が一斉に上がる。

国王はグラスを手にすると、高々と掲げた。

「では、聖女への感謝と復興を祈って！」

乾杯の言葉に続いて大広間には歓声が響き渡った。

楽団が優雅なワルツを奏で、男女が手を取り踊り出す。

ここまでずっと、マリカは椅子に座ったままである。マリカの前にはアーサー王が背中を向けて立っていて、グラスを口に運んでいる。酒と思われるものを一気に飲み干すと、隣にいた宰相にグラスを預けた。

そして、ゆっくりとマリカの方に向き直る。

「雨を止ませてくれたこと、感謝している。私は国王のアーサーだ」

仁王立ちのまま告げられた。

「あ、はい。わたしはマリカといいます」

「聖女マリカ。私があなたの夫となることは、承知しているか？」

低い声で問われた。

睨みつけられるように見下ろされていて、マリカは緊張しっぱなしである。近くで見ると迫力が半端ない。イケメンだからこそ、怖さが倍増しているように感じる。

「え、ええ……」

ぎこちなくうなずいた。

「天界から降臨した聖女とはいえ、私の妻になるということは王妃になってもらうことを意味する」

「はい」

「この国の世継ぎを産んでもらうことになるが？」

「わかっています」

「それなら話は早い。ではこれから婚姻の儀式をする」

アーサーの言葉に驚いて顔を凝視した。いくらなんでも急ぎすぎではないだろうか。

「こ、これから？」

「時間がない」

厳しい表情のままマリカに告げると、アーサーは横にいるカルタに向き直った。

「そういうことだから私は先に戻る。あとは頼んだ」

カルタに命じると歩き出す。

「ははっ！」

頭を下げたカルタの前を通り過ぎると、アーサーは壇上奥にある扉から出ていってしまった。

マリカは茫然としながらアーサーの背中を見送る。その様子を見ていた貴族たちが、ひそひそ話を始めた。

「これでお告げ通り聖女さまが国母になってくだされば、我が国は安泰だ」

「美しい聖女さまは、美丈夫な陛下の妃にぴったりですわ」

「聖女さまは豪雨を止めるほどのお力があるのだ。きっとすばらしい王妃さまになり、良い御子を産んでくださるだろう」

口々にマリカを歓迎する言葉を発していた。さすがに褒めすぎ、と少し恥ずかしくなってしまう。

だが……。

「陛下ったら、さっさと婚礼を済ませたいのだわ」

意地悪そうな声も聞こえてくる。目を向けるとキャサリンがいた。なぜか彼女の声が誰よりもはっきりと届いてくる。

「お、お忙しいですものね」

隣にいた女性が返すと、キャサリンはこれ見よがしに首を振った。

「違うわよ。好きでもない相手を妃にするんだから、義務を早く終えたいのよ」

嫌みたっぷりに告げている。

「陛下は聖女さまを気に入られてないの？」

「だって、勝手に天から降りてきて、今日初めて会ったのよ。白くてひ弱そうで飾り物のような聖女なんて、女として魅力があると思う？」

言いたい放題だ。

（でも、当たっているところもあるけど……）

確かに勝手に天から降りてきたし、アーサーとは初対面だ。元いた世界でも自分は王妃になるような身分ではないし、能力もなく体力にも自信はないので、キャサリンの言うことは間違っていない。

だからといって、これはどうしようもないことだ。

（わたしは元の世界の女子高生に戻りたいし、この世界も水害から逃れて平和を取り戻したいのだもの）

それには自分もアーサーも、不本意であっても受け入れなくてはならないのである。

「ではお支度の手配をさせていただきます」

キャサリンの方を見ていたマリカにカルタが告げた。

「支度？」

「婚姻の儀式のお支度でございます。先ほどとは別の侍女たちが担当しますゆえ、どうぞあちらへ」

アーサーが出ていった扉を示す。

「あの向こうには何があるの？」

マリカが大広間に入ってきた扉とは反対の方向である。

「国王の間がございます。陛下が政務をなさるお部屋や居間、更に奥には寝室などがございます」

（寝室！）

カルタの言葉にどきっとする。

（婚姻の儀式って、もしかして……子作り？）

もしかしなくてもそうに違いない。

聖女の第二ミッションだ。

第三章　聖女は処女を喪失する

王の侍女たちから身体を清められたマリカは、レースの縁取りがされたシルクのようなガウンドレスを着せられて、王の寝室に向かった。

儀式のための香油だと、小さな壺を持たされている。甘さを含んだ華やかな香りが漏れ出ていた。

「聖女さまがお支度を終えていらっしゃいました」

扉の外で侍女長が告げると、すぐさま衛兵が扉を開いた。

「どうぞ」

衛兵に促されて中に入る。

（キラキラしている）

凝った細工のランプが壁際に並んでいた。黄金で描かれたつる草模様の壁紙に、光が反射している。

暗くはないが明るくもなくて、厳《おごそ》かでどこか怪しい雰囲気を感じた。

扉の内側に衛兵が二人いて、頭を下げている。

「あの向こう側に陛下がいらっしゃいます」

マリカの背後に立っていた侍女長が、部屋の奥を指して告げた。絵が飾られ金銀の彫刻が置かれている先に、黄金の枠を持つ出入り口がある。扉はなく、枠の向こうにある部屋に、金襴の天蓋が下がっていた。

（あそこが寝室）

ベッドが見えて、どきっとする。

マリカのいる場所は、寝室の前室のようなところらしい。奥に進むと背後で音がして、振り向けばもう扉が閉じられていた。

（わ、わたしひとりだけ？）

衛兵も侍女長もいなくなっていて、急に心細くなる。

「聖女マリカか？」

奥からアーサー王の声がした。空気を震わすような低音に、恐ろしさを感じる。

「……はい……」

身を竦ませながら小さく答えた。壺を持つ手が震え、背中に変な汗が流れる。

「こちらへ」

寝室に入るように促された。

（い、行かなくては……）

ここで立っていても第二ミッションは終わらない。マリカは勇気を振り絞り、足を前に進ませた。

このまま踵を返して出ていきたい。けれども、出ていったところで逃げ込める場所はない。

（進むしかないのよ）

前室との境目である枠を通り抜けると、寝室の全貌が見えた。天井から垂れ下がった金襴の天蓋に、ベッドの半分が覆われている。

クッションのような大きな枕を背もたれにし、アーサー王が座っていた。黒地に黄金色の刺繍《ししゅう》が施されたガウンのようなものを纏っている。肩幅が広く、両腕を胸の前で組んでいて、迫力と威厳に圧倒された。

睨むようにマリカの方を見ている。

（恐い……でも行かなくては……）

震えながら近づいていく。

マリカに男性経験はない。それ以前に、彼氏やボーイフレンドすらいたことはない。身近な男性は父親と弟くらいだ。

とはいえ、知識はそこそこある。女子高生が集まるとそういう話で盛り上がるので、耳年増なのだ。

「どうした？」

あと数歩というところで足が止まってしまったマリカに、アーサー王が怪訝そうに問いかける。

「あの……」

右手に持っていた香油の蓋がカタカタと音を立てた。

「震えているのか？」

問いかけに、マリカはこくりとうなずく。

「どうしてだ？」

更に質問された。

「は……初めて……なので、恐くて……」

誤魔化す余裕はなく正直に答える。

「ああ……聖なる乙女なのだから、そうだろうな」

納得したようにつぶやくと、アーサーはもたれていた枕から身体を起こした。ベッドから降りると、大股でマリカの方に来る。

「私も聖女を抱くのは初めてだ」

マリカの手から香油の器をそっと取り上げると、ベッドの横にある台に置いた。

「恐ろしくて震える相手を抱きたくはない。しかし、国のため民のためであれば、私は王だからしなくてはならない」

厳しい表情で告げられる。

(やはり、わたしを妃にするのは、気が進まないのだわ)

キャサリンの言葉が思い出される。しかしながら、自分だって同じだと思い直した。

「わ……わたしも、初対面の方と、したいわけではありません。でも、天界からの指令に背いたら、罰を受けてしまいます」

「聖女も罰を受けるのか?」

問いかけにマリカはうなずく。

「……聖女となってこの国に行くように命じられたけれど、本当はわたし、人間です」

「人間？　ではこの国の民なのか？」

　驚いた顔を向けられた。

「いいえ。違う世界から来ました。元の世界に戻るには、この国の雨を止ませて王さまとの子を産まなくてはなりません。もしできなければ、自分のいた世界に戻れないという罰を受けてしまいます」

　彼を見上げて答える。

「……違う世界とは、ここから遠いところにある国のことか？」

「国ではありません。人も家も言葉も全て違っていて、歩いては行けない場所にあります」

「そうか……あなたはそこに戻りたくて、ここに来たのだな」

　マリカは無言でうなずいた。

「ではここで婚礼の儀式をするのは、お互いの利益のためということだ」

「そうです」

「それならば、お互い不本意であろうとも、目的は果たさなくてはならないね」

「はい」

（なんだか、見かけほど恐くない？）

　ちゃんと話ができているし、最初の頃より口調もやわらいでいる。

「では儀式をしよう」

マリカの腕を摑むと引き寄せた。

「あ……」

アーサーの胸に顔が当たる。

「あの、陛下……」

困惑して見上げると、目が合ってしまう。

「呼び名はアーサーでいい。私もあなたを聖女でなくマリカと呼ぶ」

マリカに告げるとうっすらと微笑んだ。

(わ……!)

初めて見る笑顔に驚く。これまでずっと厳しい表情しか見ていなかった。笑みを浮かべたアーサーは、びっくりするほど美しくて精悍である。

「はい。アーサーさま」

マリカは同意しながら頰を染めてしまった。

「ここからは私に任せなさい」

言いながらマリカをベッドに座らせる。

「お任せしていいのですか?」

「初めてなのだろう？　我が国の婚礼の儀式がどういうものかも知らぬのだよな？」

「ええ、わからないです」

アーサーの問いかけにうなずく。彼はマリカより十歳くらい年上だろうか。経験が豊富そうに見える。

（それなら任せてしまった方がいいかも）

アーサーは同意したマリカの頬に手を当てた。

「本来なら、妃を娶る儀式は神殿で行って永遠を誓うのだが、あなたはいずれ自分の世界に戻ってしまうから、ここでいいだろう」

そう言いながら、頬から首筋へと撫でるように手のひらを下ろした。

「あ……」

くすぐったさに肩をすくめる。

「しばらく我慢してくれ。妻となる者の身体を、こうして触って覚えることが、婚礼の儀式の第一歩なのだ」

「撫でて覚える……の？」

「もし真夜中に襲われたら、暗闇だと妃か賊かわからない。触れば妃かどうかわかるようにしておけば、迷わず対処できるからね」

国王には危険が付き物なのだと説明された。

アーサーの説明に納得していると、纏っていたマリカのガウンに手が差し込まれる。

「ひゃっ……」

首筋から肩、腕へと撫でられ、こそばゆさに肩をすぼめた。すると、するりと肩からガウンが滑り落ちる。

「やっ！」

マリカの乳房が露わになり、慌てて両腕で隠した。

「それはダメだよ」

隠すのはいけないとアーサーが首を振る。

「で……でも……恥ずかしい」

頬を染めて訴える。

「少しだけの我慢だ。それに、恥ずかしがらなくてもいい。あなたはとても綺麗だ」

そっとマリカの両腕をほどき、胸を露出させた。

（綺麗……）

露わになった胸を見下ろす。そこには見慣れたマリカの乳房が揺れていた。肌の色は少し白くなったけれど、形や大きさは女子高生の頃と変わらない気がする。

（そういえば、顔の造りにも大きな違いはなくない？）

髪の色と長さ、瞳の色は違うけれど、まったく別人というわけではなかった。もっと劇的に違っていればこんなに恥ずかしくないのにと、アーサーに触られながら思う。

「いい手触りだ」

ベッドの上でアーサーはマリカを横向きで膝の上に座らせると、上半身をくまなく撫で続けた。

「ん、くすぐったい」

脇腹や腹部を擦られて、マリカは身体を捩らせる。両肘にガウンの袖部分がまとわりついていて動きにくい。

「細いな」

大きさを測るように腰を両手で挟まれた。

「はふっ」

大きくて長い指を持つアーサーの手に、がっしりと腰を捕まえられた姿はなんだか生々しい。

「そしてここは意外に大きい」

腰から上へと手が移動する。

「……そ、そこは……」

アーサーの両手が、マリカの乳房を包むように掴んでいた。

「素晴らしい弾力だ」

軽く強弱をつけて乳房を揉まれる。

(そ、そんなことまでするの？)

出会ったばかりの男性に、自分の乳房が揉まれているのだ。その様子を目の当たりにして、声も出せないほどの衝撃を覚える。

しかも、乳房を揉まれるだけでなく、人差し指と親指で乳首を淫猥に摘まれてしまった。

「あ、あ、そんなとこ、あんっ」

淫らな感覚が乳首から伝わってきて、思わず身体を後ろに引いた。けれど乳首を摘んだ指は離れず、そのままマリカの身体についてくる。

「ああああっ」

身体が後ろに倒れた。

「もう少し起きていてほしかったが、まあいいか」

ベッドに仰向けで倒れたマリカの上から、アーサーが見下ろしてくる。

「そ、そこ、離して」

息を乱しながら訴える。乳首がずっと摘まれていて、ムズムズした。

「もう少しの辛抱だよ。ここの形が変わるところまで覚えなくてはならない」

指先でクリクリと捩り始める。

「は、はうぅっんっ」

(な、なに?)

ねっとりとした淫らな熱が乳首から発生した。指の腹で擦り合わされていると、じんじんと上昇してくる。そしてそのあと、どうしようもない快感ともどかしさが、運ばれてきた。息が上がってしまう。

「うん。勃《た》ってきた」

(勃つ?)

目を向けると、マリカの乳首が硬く膨らんでいた。感じて硬くなることくらいわかっているけれど、これまで見たことのないくらい大きくて硬そうである。

「や、恥ずかしいっ」

たまらず顔を覆った。

「これが最高に変化した姿か……なるほど……」

アーサーはいいね、と小さくつぶやくとようやく乳首から手を放す。

淫らな刺激から解放されてほっとしたけれど、彼の手はふたたびマリカの肌を撫で始めた。

「脚も綺麗だ」

ガウンの下に手を差し込み、太ももから膝、ふくらはぎと丁寧に触っていく。くるぶしなどの突起は、特に丁寧に形を確認していた。

「あ、足の裏は、ひゃ……あんっ」

くすぐったくてパタパタさせるが、足首をしっかりと捕まえられていて逃げられない。

「い……、いつまで、するの？」

悶えながら問いかけた。

（恥ずかしいしくすぐったいから、そろそろやめてほしい）

「ここで最後だよ」

アーサーは答えると、マリカの両膝を立てて左右に開いた。

「え？　きゃあ！」

腰を太めの紐で結んだガウンしか着ていないので、裾が割れたら乙女の秘部が露わになってしまう。

思わず膝をくっつけた。

「閉じてはダメだ。ここの確認が一番大切だよ」

ぐいっと開かれると、アーサーは膝の間に自分の身体を移動させる。

「だってそんな、み、見えてしまうわ」

「もちろんすべてを見せてもらうよ。そして、触れて覚えないとね」

マリカの脚の間に視線を固定し、アーサーの手が伸びてきた。

「そんな……っ！」

乙女の淫唇に彼の指先が触れて、びくっとする。

「ほう。やはり美しい……」

感嘆の声を発して、ゆっくりと陰部を指の先で撫で始めた。

「あ……あ、やん……」

淫猥な刺激が伝わってきて、マリカは身体を捩らせる。

「かわいらしい声だ。もっと聞かせてくれ。声を知るのも大切だ」

後孔から会陰部の割れ目を通り、感じやすい陰芯までなぞられた。

「ああっ」

乳首とは比べものにならない刺激に、マリカは身体をのけぞらせて喘ぐ。

「いい反応だ」

満足そうに言うと、何度も指で往復させた。

「はぁ、や、ん、ん」

（なに？　なんでこんなに感じるの？）

性的なことに興味がなかったわけではないが、自分の身体がこんなにも感じやすいなんて知らなかった。

「うん。蜜が滲んできた。感度がいい」

ぬるっという感触がして、アーサーが嬉しそうな声を上げる。

（蜜？）

自分の秘部が濡れていて、その理由に思い至ると目の前が真っ赤になるほどの羞恥に襲われた。

「やぁぁ、み、見てはいやっ！」

手で顔を覆ったまま左右に振る。

「見てはいないよ。触って確かめているだけだ。あなたのここがどんなふうに感じて、どのくらい蜜を含んでいるのか」

答えながらマリカの包皮をそっと開いた。

（そ、そんなところまで触るの？）

小水口や陰芯が外気に触れ、ひくっと震える。

「ここはまだ柔らかだ」

指先で陰芯を突かれた。

「あぁっ！　や、触っちゃ……」

秘められた突起は敏感で、少しの刺激で強い快感が伝わってくる。

「反応がすごくいいね。膨らんできた」

更に指の腹で擦られた。

「あん、だめ、ひあぁ……っ！」

ひりつくような熱い快感にマリカの全身が痙攣《けいれん》する。

「刺激が強すぎたか。これ以上触るのはよくないかな……」

陰芯から指が離れた。

「はぁ……はぁ……」

（これで……終わりに？）

喘ぎながら自分の下腹部に目を向ける。すると、アーサーの顔がマリカの秘部へと近づいてくるのが見えた。

（え？　まさか？）

「指ではない触り方で確かめるよ」

目が合ったマリカに告げると、陰芯に向かってアーサーが唇を接近させる。

「そ、そんなとこ、だめ、汚いわ。……あっ、ひぃああっ！」

マリカの制止の言葉は聞き流され、アーサーの形のいい唇が陰芯を覆った。鋭さを孕んだ快楽の熱がそこから広がる。

「あんんっ、な、舐めては……」

温かくて柔らかな唇に覆われた陰芯は、彼の濡れた舌で転がされる。

「う、くぅぅ……あああんっ」

初めて経験する、火傷をしそうなほどの熱い快感。

堪えようもなく喘ぎ声が出た。

逃げ出したくなるほど恥ずかしい。だが、腰が勝手に揺れて、身体は強すぎる刺激をもっと求めようとしていた。

「いい具合に勃った。もちろんちゃんと覚えたよ」

アーサーが秘部から顔を上げる。美味しい果実でも食べたかのように唇を舐め、笑みを浮かべてマリカを見た。

淫らすぎる官能にどう対処していいのかわからず、マリカの頭の中は大混乱である。

（もうこれで……全部覚えたわよね？　おしまいよね？）

息を乱しながらアーサーを見返す。すると、彼の手がベッドサイドに伸びているのが目に入る。

（え、なにをするの？）

彼はマリカが持ってきた小さな壺を手にしていた。蓋を開けると、甘い香りがマリカの鼻腔に届く。

「な……にを？」

掠れ声で問いかける。

「これは婚礼の儀式のための聖油だよ。歴代の王が安心して婚礼の儀式をするために作られた」

答えながらアーサーは壺に指を入れた。

とろっとした液体をすくい上げる。

「それを、どうするの？」

怪訝に思って質問した。

「私たちが交わるところに塗る。この聖油は悪いものを浄化する効果があるので、万が一相手が毒を仕込んでいても無毒化してくれて、しかも交わる者たちに快楽も与えてくれるのだ」

（ど、毒？　仕込むってどこに？）

壺の中身は消毒薬のようなものなのだろうか。そんな変なものを塗られたくないとすぐさま思う。けれど、拒否する前に、アーサーの指はマリカの陰部に聖油を塗りつけてしまった。

「はあぅっ……」

塗られてすぐのそれは、少し冷たくてねっとりしていた。ひんやりとした感じはすぐに消え、次第に熱を持ち始める。

（やだ、感じるっ）

弄ったり舐められたりして官能を高められていたそこへ、聖油からもたらされた刺激による快感が運ばれてきた。

「この中もだ」

淫唇の襞を割り、蜜壺の中へ指が侵入する。

「そんな、中に塗るなんて、あ、あぁ、うそ……んんっ」

聖油を纏った指を挿《い》れられた途端、熱い快感が爆発的に発生した。

「もう少しの辛抱だ。辛抱といってもほとんど快楽だと思うが……」

　蜜壺の奥まで聖油を塗り込みながら言う。

「ああ、熱い……中が、ムズムズするぅ」

　もっと強い刺激が欲しくなってしまうほどの快感だった。媚薬の作用を持っているようなことを言っていたので、そのせいかもしれない。

「うん。いい具合に中も濡れている。聖油が混ざるとかなり感じるそうだが、どうだ？」

　アーサーの問いかけに、マリカは答える言葉が出なかった。仰向けで脚を広げ、はしたなく悶え喘いでいるだけである。

「未通の乙女でも婚礼の儀式を愉しめる秘薬だと、我が王家に伝えられている」

　という言葉に続いて、淫唇が大きく開かれたのを感じた。

（……これは……もしかして？）

　指ではない太くて熱を孕んだものが、蜜壺の中に入ろうとしている。

「あああ、い、痛……いぃ」

　ものすごい圧迫感とともに、これまでの快感を吹き飛ばすほどの痛みに襲われた。マリカはアーサーの熱棒が蜜壺に挿入されたことを自覚する。

「これだけ塗っても痛みはあるか……狭いからな……」

熱棒を蜜壺にゆっくりと押し込みながらつぶやいた。

「ひ……うぅ……」

（ついにわたし……男の人に……）

痛みの中、自分の大切な場所を犯され、乙女の純潔を奪われていることを自覚する。

好きな人はいないし将来結婚するとも思っていなかったので、純潔なんてそれほど大切だと思っていなかった。

けれど、初めて会ったばかりで愛どころか人となりさえも知らない相手に、こんなふうに半ば強引に奪われてしまっている。そのことに衝撃を覚え、悲しい気分になった。

自分の世界に戻るためだとわかっていても、破瓜の痛みが辛い気持ちを増幅する。

（でも今更しょうがない）

この辛くて悲しい行為が終わるのを我慢するしかない。終わらせて世継ぎを産めば、元の世界に戻れるのだから。

マリカは唇を噛みしめ、目を強く閉じた。

目尻から涙が伝っていく。

その時。

突然、アーサーの動きが止まった。

（え……？）

頬に何かが触れる。

「すまない……」

謝罪の言葉が聞こえて、マリカは目を開いた。

（……っ！）

すぐ近くにアーサーの顔がある。青い瞳が見つめていて、彼の指がマリカの頬を伝う涙をぬぐい取った。

「天界から来た聖女とはいえ、元は未経験の女性だ。もっとゆっくりしなくてはならないのに、性急にしすぎてしまった」

アーサーは腰の動きを止めてマリカを見下ろしていた。眉間に皺を寄せた彼の表情は辛そうで、切なさのようなものも含んでいる。

「あなたが嫌がれば嫌がるほど、焦ってしまった。優しく思いやりのある儀式にしなくてはならないのに……。自分を見失っていることに、この涙で気づかされた」

「アーサーさま……」

「実は、天界から聖女を賜れるとは、思っていなかったのだ。もし願いが叶っても、私のような無骨な軍人王の妃では不満に違いないと……それなら逃げられる前に、とにかく自分のものにしてしまおうと、事を急いでしまった」

申し訳なさそうに告げられた。

「わたし……不満などないわ」

確かにここへ降りてくる前は、カルタのような王さまは嫌だなと思ったが、アーサーに関しては恐ろしさを感じることはあっても、不満を抱くことはなかった。

「聖女らしい優しい言葉だな。私は自分が恥ずかしい。申し訳なかった。今宵はここまでで終わりにしよう」

アーサーは身じろぎ、離れようとマリカの両脇に手をついた。

「だ、だめ！」

はっとしてマリカはアーサーの腕を摑んで止める。

「えっ？」

驚いてアーサーが目を見開いた。

「やめないで、やめてはいや！」

「やめたら自分の世界に戻れないからか？」

「ちがうわ。どうしてかわからないけど、ここでやめるのはいやなの」

「辛いのだろう？」

「だ、誰だって、初めは痛くて辛いものだわ。でも……あの……アーサーさまが、わたしを嫌いでないのなら……」

愛はなくとも、自分をそこまで思いやってくれたのならいいのではないかと、マリカは思ったのだ。

「してもいいのか」

「ええ……」

まっすぐにアーサーの青い目を見てうなずく。

「それなら……うっ？」

「はうっ！」

二人は同時に声を上げた。

「あなたの中が……な、なんだ？」

アーサーが不可解な表情で首をかしげる。

「ううっ、やだ、あんんっ」

マリカは困惑しながら喘いだ。

半分ほど熱棒が挿入された蜜壺の中に、淫らな熱が発生している。

「突然うねったぞ？」

「ああ、お願い、奥に……っ！」

それまでマリカを苛んでいた痛みは消え、快感の熱に蝕まれていく。

「ここに、欲しいのか？」

恐る恐るアーサーが腰を進ませ、竿先で蜜壺の奥を突いた。

「ああ、そう、そこに、んんんっ」

快感が溢れて、あられもなくマリカは喘ぐ。

「……そうか……聖油が、効いてきたんだ」

「も、もっと、来て」

はしたなく要求してしまう。しかもねだりながら腰が動いていた。

「痛くないのか？」

問いかけに首を振る。痛いどころか、自分の中が疼いてどうしようもない。早くたくさん擦ってほしくて、腰を揺らしていた。

「これは、止められないな……」

アーサーはぐっと腰を入れ、蜜壺の奥を突き始める。

「ん、ああ、すごいぃ」

強烈な官能に巻き込まれ、マリカはアーサーにしがみついて嬌声を上げた。

「私も、すごくいいよ」

アーサーはマリカの後頭部に手を回すと、顔を寄せる。

「んんんっ！」

唇が重ねられ、嬌声はアーサーの口腔に呑み込まれた。

（わたし……キスしている……）

初めてのキスだと気づく。

初めての交わりのあとに初めてのキス。順番が逆だと思ったけれど……。

（ああもう、おかしくなりそう）

強すぎる快楽に全身が揺さぶられる。

アーサーに抱きしめられ、口づけをされたまま、マリカは初めての絶頂に上り詰めたのだった。


乙女の純潔を喪失した。

（初めてを出会ったばかりの男性に奪われてしまったのだわ）

しかしながら、自分の中に大きな衝撃は感じられない。強い官能と快感の渦に翻弄されているうちに、通り過ぎてしまった気がする。

ベッドの上でしばらくぼうっと横たわっていると、身体が何かにふわりと覆われた。マリカのガウンドレスを、アーサーが掛けてくれていた。

横を向くと、すでに下衣を身に着けていて、シャツを手にしている。

(どこかへ行くの?)

マリカは少し身体を起こした。

「あの、どこへ?」

アーサーに問いかける。

「ああ、起こしてしまったか。明朝視察したいところがあるので、これから出発する」

「これから? もう寝る時間でしょう?」

正確にはわからないけれど、おそらく真夜中近いはずだ。

「着いたら向こうで仮眠を取るよ。あなたはここで寝ていていい」

「そんなに急がなくてはならないの?」

「国境沿いの堤防に、崩れている箇所がいくつもある。対策を早急にしなくてはならなくてね」

「もう雨は降っていないのに？」

マリカのおかげで雨は上がったのだ。堤防が決壊する危険は回避されたと聞いているので、急がなくてもいいのではないかと思う。

「雨が止めば川沿いの国境を兼ねた堤防の水位が下がっていく。外敵は堤防が崩れている今が好機だと攻め込んでくるだろう。だから崩れた箇所に兵を配置し、同時に修復の指示を出さなくてはならない」

視察団を派遣していたら間に合わないので、王自らが出向いて応急措置を施していくのだという。

「戻るのはおそらく三日後だ。それまでゆっくりしていてくれ。必要な物はカルタに言えば手配する」

言い終えるとアーサーは上着を羽織った。青いビロードに金モールのついた軍服風で、胸にはいくつか勲章がついている。

（あ、あの服は）

この世界に降臨した際に、マリカを抱き上げた男性が着ていたものと同じだ。ぼんやりとだが、金髪と青い目も覚えている。宴では毛皮のマントに隠れていて気付かなかった。

（あれは……この方だったの？）

「婚姻の儀式を終えたのだから、あなたは正式に私の妃となった。王妃として過ごすにあたって、王妃の間やこの王の間を好きに使ってくれていい」

「はい」

宝石が鏤《ちりば》められた剣を手にすると、アーサーは寝室から出ていってしまった。

……と、思ったが、すぐに戻ってくる。

足早にマリカの方にやってきた。

（なにか忘れもの？）

ベッドで寝ているマリカを覗き込み、すっと顎に手を添えた。アーサーの精悍な顔が近づいてくる。

（え？　なに？）

「では行ってくる」

と告げた後、マリカに軽く口づけをした。

「……っ！」

重ねられた唇にどきっとする。

唇はすぐに離れ、アーサーは再び寝室から出ていった。

（こ、このために戻ってきたの？）

マリカのいた世界では、恋人や夫婦が行ってきますのキスをすることはある。ここでもキスは挨拶代わりなのかもしれない。

「そういう風習なのかも」

挨拶のキスとはいえ、慣れてないことだからか胸のドキドキが止まらない。ほんの一瞬触れただけなのに、アーサーの唇の感触がいつまでもマリカの唇に残った。

王さまは予想外に素敵な男性だった。

初めは恐ろしそうな雰囲気だったけれど、話してみると優しいし、エッチでは思いやりがある。王としての仕事もしっかりしているようで、臣下たちから信頼されていた。

ゲームに出てくる王子《プリンス》さまたちよりちょっと筋肉質で迫力があるけれど、精悍な美貌はマリカの好みだ。

ここのお城はおとぎ話のように美しくて豪華で、マリカはたくさんの家臣や侍女にかしずかれ、屈強な衛兵たちに守られている。毎回美味しい料理が山のように出され、王妃の部屋には宝石やドレスがふんだんに用意してあった。

とはいえ……。

（ここで王妃として一生過ごすのはごめんだわ）

マリカは大きなため息をついた。

三日ほど過ごしてみたけれど、自分には合わない。とにかく退屈で物足りないのだ。

今は午後のお茶の時間で、銀食器に載せられた甘いお菓子と、香り高いお茶が出されている。どれも美味しいが、自分が今飲食したいものではなかった。

（ここにはわたしが欲しいものがないのよ）

スマホがないので動画は観られないし音楽も聴けない。ゲームやネットショッピングももちろん無理だ。コンビニで食べたいお菓子や好きな飲み物を買うこともできない。

（天界ではこんな気持ちにならなかったのに、なぜ？）

あの時はあまり不満を感じなかったなと思う。あそこでは魂だったし修行が忙しかったからだろうか。人間の姿でここに降臨してからは、ネットやコンビニのない生活がものすごく不便で味気なく感じていた。

あと、クラスメートたちとの他愛ない雑談がどれだけ楽しいものであったのか、今更ながら実感した。

（ここにいる人たちとは話が合わないのよね）

侍女のレラもタラも悪い子たちではない。むしろ明るくていい子たちだ。話しかければちゃんと返してくれる。だが、今度公開された映画が観たかったとか、スマホがないから舞台のチケットの予約ができなくて困っていることなど、言っても絶対に理解してもらえないだろう。

話したい内容がひとつも通じないのだ。それに、彼女たちには侍女の仕事がたくさんある。忙しそうな二人を、マリカの暇つぶしに付き合わせるわけにもいかなかった。

（このお城も、初めは感動したけれど……）

三日もいると慣れてしまい、今は飽き始めている。西洋風のテーマパークにずっといたらこんな感じがするのかもしれない。

ここに来てまだ飽きていないことといったら……。

マリカの頭の中に、アーサーの顔と婚礼の儀式のことが浮かんだ。

（やだ、顔が熱い……）

頬に手を当てる。

初めてのエッチは、する前の恐怖心がふっとぶくらい気持ちよかった。しかも相手のアーサーがかっこよくて、抱かれているとドキドキして、今も思い出しただけで鼓動が速くなる。

初めての男性で、しかもハイスペックで美男子だからだろうか。

（でも……）

あの王さまとも、ここにずっといたら飽きてしまうのかもしれない。

「この素敵なお城のように、うんざりしちゃうのかな」

顔を上げて見回す。

そうかもしれないが、アーサーと一緒にいるのは子どもを産んで一歳までだ。彼はとても忙しそうで、あの婚礼の儀式の夜から戻ってきていない。

彼の勢いや周りの世継ぎを待望する雰囲気から、もっとガンガン求められるのではと思っていたので拍子抜けだ。

「ていうか、帰ってこなければ、飽きるほどもできなくない？」

べ、べつにしたいわけじゃないけど――と、マリカは心の中で焦って言い訳する。

「どうかいたしましたか？」

「なにか困ったことでも？」

ちょうど部屋に入ってきたレラとタラに問いかけられる。彼女たちは白い布を手にしていた。あの布は、テーブルや飾り棚にある銀製品を磨くためのものである。

「別になにも」

仕事の邪魔をしたくないので、お茶が置いてあるテーブルから立ち上がった。

「ごちそうさま、もういいわ」

自分が使っていた食器なども磨きたいに違いない。マリカは椅子から離れ、王妃の間にあるテラスに向かった。

城は高台にあり、王妃の間は上層にあるため遠くまで見渡せる。しかしながら、雨は上がっても相変わらず空は厚い灰色の雲に覆われていて、城の下に広がる王都はぼんやりとしか見えない。この世界には月がふたつあると侍女たちが言っていたが、それを見るのも不可能である。

(この雲をすっきりと晴らすのは難しいのよね)

天界での講義では、雲を追い払う呪文はさっぱりわからなかった。講師の大天使たちに言わせると、魂のステージが低いと理解できないのだそうだ。

(ステージが低いとか失礼しちゃうわ)

ぷんぷんしながら王妃の間にあるテラスの中央に行く。美味しい料理と甘いお菓子を食べ続けているせいか、身体が重くなった気がした。

「運動不足だなあ」

とはいえ、このテラスを歩き回るだけでは大した運動量はない。

城の奥側に向かってテラスを歩き、手すりから中庭方面を覗き込んだ。

「あそこでテニスとかできればいいのに……」

中庭は芝が敷き詰められた広場のようになっている。城の敷地は広いので、テニスコートが余裕で三面くらい取れそうだ。

「あら？」

いつもは誰もいない中庭に人影が見えた。軍服姿で馬に乗っていて、頭にふわふわした羽根のような飾りのあるものを被っている。

その後ろから、同じく馬に乗った軍服姿の人物が続々とやってきた。彼らは羽根飾りの帽子を被っておらず、この国の国旗や軍旗のついた槍のようなものを手にしている。

「騎馬隊？」

馬に乗った軍人と思われる者たちが中庭にずらりと整列した。

先頭にいた羽根飾りを被った人物の馬が向きを変え、後続隊と向き合う。剣を抜いて振り上げ、なにやら叫んでいる。

「え……？」

届いてきた声と羽根飾りの帽子の下に見知った顔を認めて、マリカは目を見開く。

「あれって……」

テラスの手すりから離れると、王妃の間に入れる窓まで急いで戻った。

「ねえ、中庭にいる人たちって、誰?」

銀製品をせっせと磨いている侍女たちに質問する。

「中庭ですかあ?」

「誰かいますかあ?」

レラとタラがマリカの方に歩いてきた。

「あっちよ」

城の奥を示すと、そちらを覗き込む。

「あーあれは、王さまの軍隊ですー」

「王さまの軍隊が並んでいるんですー」

二人して同じような答えを口にした。

「アーサーさまがお城に戻られたということ?」

もしそうなら、国王の帰還だというのに、のんびりしすぎていないだろうか。

「陛下は昨日戻られております」

「昨日の夜に戻られております」

「え?　昨夜戻った?」

レラとタラの返事に驚く。そんなこと聞いていない。

「深夜にお迎えいたしましたー」

「正門でお迎えいたしましたー」

二人はにこにこと答える。笑った顔もそっくりだ……じゃなくて。

「わ、わたし、知らないわよ?」

誰にも何も言われていない。

「お知らせしておりません」

「していません」

二人で首を横に振った。

「なぜ? この国では王妃は出迎えないしきたりなの?」

マリカの問いかけに二人は更に首を振る。

「王妃さまもお出迎えいたします」

「陛下のお出迎えは皆でいたします」

「それなのになぜわたしに知らせてくれなかったの?」

(もしかして仲間はずれとか嫌がらせ?)

そういう雰囲気ではないし、これまでも二人から意地悪のようなことをされた覚えはない。

「王妃さまをお出迎えなどで起こしてはいけないと、陛下がおっしゃいました」

「王妃さまにはゆっくりお休みいただくようにと、陛下がおっしゃいました」

二人はふたたび笑顔で答えた。

「だからわたしに言わなかったの？」

「はいー」

「そうですー」

いじめではなかったようだ。

「わかったわ。でも、王妃が王の帰還を知らないなんて、そんなことある？」

いくら期間限定とはいえ、自分は王の妻である。出張から帰ってきた夫を出迎えないなんてありえない。

（しかも、昨夜戻っているのに、今やっとそれを知ったなんて！）

マリカは言いようのない怒りを覚えた。

第四章　王妃は激怒する

中庭に整列した騎馬隊を、アーサーは鋭い視線で見据えた。

騎馬隊は王軍の騎士団長たちで構成されている。国王は王軍の総帥で、領地を持つ王侯貴族たちが騎士団長だ。

領主が年老いている場合は、嫡子や孫が騎士団長代理を務めている。

「昨晩王都に戻り、皆もほっとしていることであろう。だが、今回の見回りでは応急措置しか取っていない。外敵が侵入を試みようとしている痕跡がいくつか発見された。早急にしっかりとした対策を打たねばならぬ」

整列している者たちに向かって告げると、馬上の騎士団長たちは大きくうなずいた。

「今後については閣議で決定し、追って指示を出す。それまではそれぞれ領地に戻り、準備を完璧にしておくように」

「はっ！」

団長たちがアーサーの指示に頭を下げる。

「夕刻に閣議を開くこととする。段取りは宰相に任せる」

アーサーの後ろに立っていた宰相のカルタに告げた。

「承知いたしました」

カルタは一歩前に出る。

「それでは騎士団はいったん解散します。各領地へ出発してください。大臣と王軍幹部は城に残り、夕刻に会議の間へ集合となります。歩兵隊を城下の広場に残している団には、補給部から必要な物資を配給します」

指示を出すカルタを残し、アーサーは馬の向きを変えて城の入口に向かった。

（さすがに疲れたな）

昨夜は城に戻ると、各騎士団長たちから意見を聞き、仮眠を取る暇もなく政務を処理し続けた。まだ軍服のまま着替えておらず、ほとんど食事もしていない。

「陛下、湯浴みのお支度が整っております。お食事を先になさいますか。お着替えはどういたしましょう」

城に入った途端、側近や侍女たちがやってくる。

「そうだな、まずは汚れを落として着替えるよ」

答えながらも、政のことと夕刻に開かれる閣議についてで、アーサーの頭の中は占められていた。

(優先的に修復したいのは堤防だが、農地の回復も急がなくてはならない。人手がかかるが、人数には限りがある。人材をどう運用していくかが重要だ)

王の間に設えられている浴場で遠征の汚れを落とし、シャツと下衣だけの簡単な服装に着替えたアーサーは、軽食を摂る間もずっと考え続けていた。

(国境となっている川沿いの堤防は暫定的に兵を配置してきた。やはり農地を先にするか)

国民にとって食糧不足は切実な問題である。農地の回復が遅れたら収穫が激減し、来年度は厳しいことになるのは明白だ。

「よし、そうしよう」

つぶやきながらカトラリーを置き、冷たいお茶の入ったゴブレットを手にする。

「お食事は終わりましたか」

お茶を飲み干すと横から声がした。侍女長より若そうな声である。

「ああ、もういいよ。これから執務室で仮眠を取ったあと、夕刻の閣議に備えての資料を作る」

アーサーはそちらを見ないままゴブレットを置き、口元をクロスで拭った。すると……。

「執務室ではなく、寝室のベッドでお休みになられたら？」

侍女にしては慣れ慣れしい言葉遣いで、少しトゲを感じた。しかも、自分の真横に立っている。

（なんだ？）

アーサーは侍女の不敬な態度に、怪訝な表情で左横を見上げた。

「な……っ！」

横に立つ女性を見て言葉を失う。

銀髪の美女から見下ろされていた。眉間に皺を寄せ、ものすごく恐ろしげな表情を浮かべている。

「マ、マリカ……なぜここに？」

先日天から遣わされた聖女のマリカだった。

「なぜって……わたしはアーサーさまの妻ですよね？」

腰に手を当てて、アーサーを威嚇するような体勢である。

「そうだが、それが何か？」

首をかしげて問い返す。

「何かじゃないわ！　わたしは妻なのに、王妃なのに、なぜ夫である王の帰還を知らされないの？」

「え？　ああ、それはまあ、夜も遅かったからな」

起こすのは忍びなかったのだと答えた。するとマリカは、大きな目を更に大きく見開いた。

「遅くても妻なのだから知らせてほしいわ。それだけならまだしも、朝になっても、お昼になっても、帰ってきたことを知らされていないのよ？　わたしは知らずにのほほんと食事をしていたのよ？」

アーサーに顔を近づけて不満を口にしている。自分の帰還を知らせなかったことに激怒しているようだ。

「知らせる暇がなかったんだ。不在にしている間に溜まってしまった政務や今後のことについて考えなくてはならなくてね」

怒った顔も綺麗だなと思いながらアーサーは答える。マリカの菫色の瞳は宝石のように煌めいて、近くで見るととても美しい。

「暇があってもなくても、帰ってきたことくらい知らせてください！」

マリカの怒りは収まらない。頭から湯気が出そうに興奮している。

(とにかく、対処しなくてはならないな)

ここで痴話喧嘩のようなことをしている姿を、衛兵や使用人たちに見せるのは良くないだろう。

「わかった……向こうであなたの話を聞くことにしよう」

椅子から立ち上がると、王の食堂から居間に向かった。マリカが怒った表情のまま、後ろからついてくる。

(何をそんなに怒っているのだろう)

居間にいた侍女や衛兵たちを下がらせ、アーサーは長椅子に腰を下ろした。

「言いたいことがあればここでどうぞ」

足と腕を組んだアーサーは、前に立っているマリカに告げる。

「わたしのいた世界だけでなく、この世界でも妻が夫の帰りを知らないなんて普通ではないと、侍女たちから聞きました」

「まあ、そうだな」

「期間限定とはいえ、わたしたちは正式な婚礼の儀式を済ませたのよ。ちゃんと妻として扱ってください」

「私の妻は王妃でもある。王妃の扱いをしろということか」

（城の者たちにもっと敬われて、かしずいてもらいたいのだろうか）

怒り続けているマリカを見てアーサーは考える。おそらくマリカは、身分や扱いに不満があるから怒っているのだ。聖女とはいえマリカは見かけも言動も若い。自分の不在中に城の者たちからないがしろにされ、不満を抱いているのかもと思い至った。

（そういうことのないようにと、若いタラやレラといった侍女をつけたのだが、ベテランの侍女長に任せるべきだったかもしれない）

「皆にあなたを王妃として敬うように言えばいいか」

というアーサーの答えは、当たっていなかった。マリカは一瞬天を仰ぐと、眉間に皺を寄せてアーサーを睨みつける。

「皆のことはどうでもいいの。わたしは、王妃ではなくあなたの妻になりたいの」

「王の妻だから王妃になるのだが？」

彼女の訴えていることがさっぱりわからない。とはいえ、王の自分に対してはっきり意見を言う女性というのは新鮮だった。

（存在感が増したな）

天から降りてきた時は頼りなく弱々しい雰囲気だったが、今はとてもしっかりとしている。

「だから、わたしが言いたいのは、誰よりもあなたの近くにいたいということなの」

「近くにいて……どうするのだ？」

「もっとあなたのことを知りたいわ」

「私の何を？」

思わず首をかしげてしまった。自分がこの国の王であることは紛れもない事実で、この国のすべてが財産のようなものである。天界から来た聖女なのだから、この国の規模もわかっているだろう。隠すようなことはなにもない。

困惑していると、マリカが顔を近づけてきた。

「あなたの思っていること、考えていること、好きなことも嫌いなことも知りたいわ……そして、わたしのことも知ってほしい」

「あなたは天界から来た聖女だが、それ以外に何を知ればいいのだ？」

マリカの強いまなざしに気圧《けお》されながら問いかける。

「同じよ。わたしが考えていることや好き嫌いや、したいこととか……」

「それを知ってどうなる？」

「どうなるって……知れば本当の夫婦になれるわ」

「なぜだ？」

「だって、お互いを知れば、べ、ベッドの上でもちゃんと愛し合えるもの」

頬を染め、うつむいたまま小声で答えた。

「なるほど……本当の夫婦になってしたいことというのは、そういうことか」

アーサーの中で合点がいった。ようするに、マリカは自分の世界に戻りたいのである。そのために、子作りを早くしたいのだ。

「話はわかった」

長椅子から立ち上がり、アーサーはマリカの手首を掴む。

「アーサーさま？」

「寝室でお互いをよく理解し合おう」

「えっ!?　い、今ですか？　まだ明るいのに……」

「すまぬが夜は時間が取れない」

アーサーはマリカの手首を掴んだまま、居間の向こうにある王の寝室へと歩き出した。

アーサーの大きな手に手首を摑まれ、マリカは寝室に向かっている。

(わ、わたしったら、自分で誘うようなことを言ってしまうなんて!)

『ベッドの上でもちゃんと愛し合えるわ』

まるで、エッチをしてほしいからアーサーのことが知りたい、と言っているようなものだ。

自分が口にした言葉を思い出すと、顔から火が出そうに恥ずかしい。

(べ、べつにエッチが嫌というわけではないけど……むしろアーサーとなら……してもいいけど)

初めての時の強い官能が頭によぎる。だがすぐに、いくらなんでもそれは淫乱すぎるのではないかと、自分で自分を窘める。

(でも、わたしたちは夫婦なんだし、子どもができなければ女子高生に戻れないんだし、子どもを作るにはエッチしなくちゃいけないんだし)

などとぐるぐる考えているうちに、重厚な天蓋のかかっている国王のベッドが見えてきた。

「ここでいいかな?」

天蓋の中にあるベッドに座らされる。

「い、いいです」

横に腰を下ろしたアーサーに、ちょっと強がって答えた。

「あなたが私のことを知りたいと思ってくれて、嬉しいよ」

笑みを浮かべてマリカを見下ろす。

（ああ、すごく綺麗な笑顔……）

寝室は少し暗めなのに、アーサーの周りだけ輝いている。初めの頃に抱いていた恐ろしさはどこにもなく、おとぎ話の王子さまに笑いかけてもらっているような嬉しさを、マリカは感じた。

「わ、わたしのことも、知ってほしいわ」

赤い顔のまま、うつむき加減でアーサーに告げる。

「もちろんだよ。あなたのすべてを知りたいと、私も思っている。差し当たっては、その魅力的な唇の味を、賞味してもいいだろうか」

キスをしていいかと問われ、マリカは無言でうなずいた。顔を上げると、アーサーの美麗な顔が近づいてくるのが見える。

（わ……）

晴れた空のような青い瞳が、ぼやけてくるほど近い。あの形のいい唇と触れ合うのかと思ったら、マリカの胸が激しくドキドキしてきた。

「ん……」

アーサーの唇がマリカのそれに重ねられる。

ドキドキは頭の中にまで響き渡った。

口づけは初めてではない。おそらく三度目だ。

けれど、初めてのキスは初夜の儀式で交わっている最中というとんでもない場面で、こんなふうに相手の体温まで感じられるような余裕はなかった。

二度目は夫が妻に行ってきますの挨拶をするような、ほんの一瞬の触れ合いである。

真剣に口づけをしたのは、これが初めてだ。

唇が擦り合わされる。

「は……」

くすぐったさを感じて思わず口を開いた。

（ひゃあ）

アーサーの舌がマリカの口に入ってきて驚く。唇の内側や歯列をなぞると、もっと奥へと侵入してきた。

びっくりしたけれど、不思議と嫌悪感はない。アーサーの肉厚な舌に口の中を探られると、くすぐったさもあるけれど不思議な官能も運ばれてきた。

（ああ……）

擦られている唇が気持ちいい。探り当てられたマリカの舌とアーサーの舌が絡み合うと、頭の奥が痺れるような感じがする。

濃い口づけにぼうっとしていると、アーサーがマリカのドレスに手をかけた。

「あ……あの」

唇を外してアーサーを見上げる。

「あなたのすべてを教えてくれるのだろう？」

ドレスの前に並んでいるボタンを外しながら言われた。

「そ、そうですけど……あっ」

普段着用のシンプルなドレスなので、前ボタンを外すと簡単に開いてしまう。下着も本来ならコルセットというのを嵌めるようだが、あまりにも苦しいので着けていなかった。

ドロワという膨らんだパンツのみである。

「アーサーさまも、わたしに教えてくれないと」

恥じらいながら訴えた。自分だけ脱がされるのは狡いと口を尖らせる。

「そうだな……では一緒に知り合おう」

アーサーも自分の上着に手をかけた。

上着の下に纏っているシャツも一緒に脱ぎ捨てると、アーサーの筋肉質な引き締まった上半身が現れる。

婚礼の儀式の際は夜着のガウンを着たままだったので、初めて見る姿だ。

（わ……すごい）

王軍を率いているとはいえ、王さまとは思えぬほど鍛えられた身体をしている。

マリカの弟もスポーツ万能で鍛えていたけれど、ここまで立派ではなかった。

「すごい胸筋……あ……」

思わず触ったら、彼の体温を感じてドキッとする。

「あなたの胸も素晴らしいよ」

マリカの乳房を手で覆うと、耳に囁いた。低く通るアーサーの声が鼓膜を震わせ、ぞくぞくするものを感じる。

「そ……そこは……もう知っているのでは？」

婚礼の儀式の際に、妻の身体を覚えるためとマリカの全身を触っていた。しかも恥ずかしい乙女の秘部は、舌で丹念に触れていたのである。

「そうだったね。実はまだのところがあるのだが、それはまた後にして、あなたにも私を知ってもらおう」

笑みを浮かべて立ち上がると、アーサーは下衣もすべて脱ぎ捨てた。

「きゃ……っ!」

胸筋よりも立派なものが目に入り、マリカは思わず顔を覆う。

「見なければわからないよ」

隣に腰を下ろして窘められる。

「でも、恥ずかしいです……っ」

自分の裸を見られるのと変わりないくらい、恥ずかしい気持ちになった。

「そういうものなのか?　では私と同じく、触って覚えてくれればいい」

顔を覆っていた右手が摑まれ、アーサーの下半身へといざなわれる。

手のひらに、太くて熱いものを握らされた。

「きゃ……あっ!」

びっくりして目を開くと、手で覆われていない方の目に、アーサーの熱棒を摑んでいる自分の手が見えた。

その生々しさに思わず悲鳴を発してしまう。

「私の大きさを覚えたか?」

「……は……はい」

(ふ、太い！)

そして、ドクドクと脈動を感じる。熱棒自体が独立した生き物みたいだ。

「あ……あの……」

「なんだ？」

「な、なんだか、さっきより、ふ、太くなっている気が……」

手の中で竿が硬く膨らんでいた。

「あなたに握られたからね」

握っただけでも感じるのだと言う。

「そう……なの？」

顔を赤らめてアーサーを見上げた。

(アーサーさまの顔もなんだか赤い？)

「そのまま扱くように動かすと、もっと大きくなるし、私も気持ちがいい。やってくれるか？」

マリカの耳に口を近づけて問われる。

「しご……く？」

恐る恐る手を動かすと、手の中で更に膨張した。

（すごい！　で、でも、これがわたしの中に？　本当に入ったの？）

初夜の儀式で挿入されたのが信じられない。しかも痛かったのは最初だけで、次第に気持ちよくなったのである。

「私の身体がわかったかな」

問いかけに、マリカは真っ赤になりながらうなずいた。手は熱棒を握ったままである。

このままでいいのか、離した方がいいのか迷う。

「それなら、私も味わい忘れたところを……」

アーサーは屈むと顔をマリカの胸まで下ろした。

「な、なに？」

顔から手を離したマリカの両目に、アーサーの顔が乳房の前にあるのが映る。

「ここ、触っただけで味わっていなかった」

彼の形のいい唇がマリカの乳首を覆った。

「っは、ふぅんっ」

ちゅっと吸われると、甘い刺激が伝わってくる。

思わず熱棒を握っていた手に力が入った。

「う……」

乳首を咥えたままアーサーが声を上げる。

(あ、硬く……)

手の中の熱棒が更に大きく硬くなった。

「ん……んん、あぁ、そこ、舐めたら……」

彼の舌先に乳首が舐《ねぶ》られる。ぞくぞくするほどの快感にマリカは喘ぎ、お返しとばかりに手を動かした。

「う……それは……ずるいな」

アーサーが苦笑しながら乳首から唇を離す。

「な、なぜ?」

「私も同じところをかわいがらせてもらわなくては、不公平だからな」

身体を起こすと、アーサーの左手がマリカを抱き寄せ、そのまま足の付け根へと指先を滑り込ませる。

「あ、そんなところを……」

乙女の秘部に触れられ、びくっとする。

「ここなら平等だ」

包皮の間に入り込んだアーサーの長い指が、敏感な秘芯を淫猥に撫で始めた。

「ああっ、そこは、やんっ、か、感じすぎる」

「うん。感じているのがわかるよ。ほら、私と同じように硬くなっていく」

陰芯の変化を指摘され、マリカの羞恥に拍車がかかる。けれどアーサーの手は止まらず、敏感な芯を撫でていた。

「ひ、う、うぅ」

あまりに刺激的な快感に、マリカは竿を強く握り締める。

「うっ、それはちょっと、きついな……」

苦笑しながら、それなら自分もという感じで秘芯を指の腹で回された。

「ああぁっ」

熱い刺激が発生する。どうしていいかわからず、マリカは喘ぎながらアーサーの胸に顔をつけた。

「ふふ、かわいらしい声だ。ん……？」

アーサーは秘芯を舐っていった指を、割れ目の奥へと移動させた。ぬるっとした感触がマリカにも伝わる。

「やあ、だめ、そこは」

「うん、ヌルヌルしている」

秘芯を弄られたせいで、マリカの淫唇から蜜が漏れ出ていた。

(あ、やだ、どうしよう)

蜜がどんどん溢れて止められない。

「アーサーさまの、手が、ぬ、濡れちゃう……」

「いいんだよ。お互いさまだ。あなたの手も、少し濡れてしまっているからね」

言われて、マリカに握られているアーサーの熱棒に目を向けた。

「あ……」

伝い落ちるほど竿先に先走りの露が滲んでいる。

「感じると濡れるのも一緒だな」

嬉しそうにマリカへ囁くと、アーサーは濡れていた指先で淫唇を開いた。

(え……っ？)

濡れるのも構わず、彼の指はマリカの蜜壺に入っていく。

「あ、そこは、あああ」

挿れられた指に強く感じ、思わずぎゅっと締め付けてしまう。

アーサーの長い指はマリカの蜜壁を探り、淫猥に出入りを繰り返した。クチュクチュとした水音と、強くなっていく快感の刺激に困惑する。

「そんなにしたら、蜜が出てしまう……ん、んああっ」

淫唇から溢れ出た蜜でベッドが汚れてしまうと、マリカは喘ぎながら訴えた。竿を握っていた手も離れてしまう。

「ああ、確かに、婚礼の儀式の時よりも多いな……」

アーサーはつぶやくと、マリカの蜜壺から指を抜いた。腰を掴まれ、マリカの身体が丁寧にひっくり返される。

「はふ……」

上半身はうつ伏せでベッドの上で、足はベッド横の床についていた。

「ここに栓をすれば漏れないね」

乙女の秘部に濡れた竿先が当てられる。

「……は……はい……」

羞恥に震えながらもマリカはうなずいた。淫らな交わりの時間が始まる。

「いくよ」

ぐっと淫唇が開かれた。

（ああ……くる……）

あの婚礼の儀式の痛みを思い出し、マリカは目を閉じる。あの時は儀式用の香油を塗っていたからかそれほど痛まなかった。

けれど今回は、お互いの蜜だけである。

マリカは痛みに苛まれる恐怖に震えたが……。

「うう……」

ぬぷっという感触がしたあと、淫唇が大きく開かれる。蜜壁が圧迫され、強い痛みがやってくるはずだった。

しかし、訪れたのはかあぁっと燃えるような熱い感覚である。腰骨から発生した熱が快感となって広がった。

(な、なに？)

竿先に蜜壁を擦られると、気持ちのいい熱がどんどん発生する。擦られれば擦られるほど、官能が高まった。

「ああ、やだ、どうして？　いい、すごく……」

「たしかに、いいね。不思議なくらい」

アーサーも驚いている。

「特にこのあたりを突くと、すごく、締まる」

ぐっと腰を入れられた。奥を強く突かれた瞬間、快感の熱が背筋を駆け上がる。

「ひうっ！」

（なんでこんなに感じるの？）

ベッドに手をつき、上半身を反らせてマリカは喘いだ。

背後から抱き締められ、強く腰を打ち付けられる。

「ああんっ、いい、中が、熱くて……熔け……そう」

蜜壺の中が熱い快感でいっぱいだ。

「私も、たまらなくいいよ」

掠れた低い声で囁くと、背後から回した手でマリカの乳房を揉み、耳朶に口づけた。

「っん、も、お、おかしく、なりそう」

達《い》きそうだと訴える。

それに応えるように、アーサーは腰使いを速めた。

「あああっ！」

彼に抱き締められたまま、マリカは絶頂に登りつめる。

「あなたの身体が私と相性がいいことを、今日はよく知れた」

官能の頂点を越したマリカの中に、熱い飛沫を注ぎ込んだ。

荒かった息づかいが元に戻り、官能の熱が引いていくと、マリカは閉じていたまぶたをゆっくりと持ち上げる。

（あれ？）

ベッドの上にいて、掛布が身体を覆っていた。

しばらく意識を失っていたらしい。アーサーがベッドに寝かせてくれたようだ。

（またしてもすごく気持ちよかった）

思い出して赤面する。

あの太いアーサーの男根を、自分は易々と受け入れ、しかも激しく感じてしまった。

（まだ二回目なのに、あんなに感じていいものなの？）

ここは異世界で、子を作るために変身していた聖女の身体だからだろうか。でも、アーサーに触れられて気持ちいいだけでなく、そばにいると幸福な気分になれる。

（顔を見るだけでも嬉しい気持ちになるのはなぜ？）

不思議に思いながら隣に顔を向けた。

「あ……」

アーサーは穏やかな表情で目を閉じている。

(眠っている?)

寝息と思われる音が聞こえていた。

そういえば、昨晩遅く戻ってきたあと、仮眠もとらずに政務をしていたと聞いている。

先ほども執務室で仮眠を取ると言っていた。

マリカを抱いたことで、疲れと睡眠不足による眠気が一気に襲ってきたのだろう。

(しばらくゆっくり寝かせてあげよう)

アーサーの寝顔を見つめる。

長くはないけれど揃ったまつげが綺麗だ。

(この方が相手で本当によかった)

マリカは心からそう思う。

第五章　王妃は賞賛される

翌朝。

マリカは目覚めると、いつもの寝室ではないことに気づく。

（ここは……？）

ベッドから起き上がり、周囲に視線を巡らせる。見覚えのあるここは、王妃の寝室ではなく国王の間の寝室だ。

そこで、城に戻っていたアーサーと、何をしたのか思い出してしまった。

（わたしったら……）

自分から誘うようなことを言ったせいで、そのままエッチになだれ込んでしまったのである。

婚礼の儀式の時もものすごく感じて良かったけれど、二度目ということもあってか、夕方までめちゃくちゃ堪能してしまった。このベッドの上で乱れ喘いでしまった自分が脳裏に蘇り、真っ赤になる。

（だってアーサーさまが上手なんだもの）

頬に手を当てて心の中で言い訳をする。終わったあとはすごく疲れて、眠り込んだアーサーと一緒にマリカも寝たことを思い出す。

「そういえば、アーサーさまは？」

つぶやきながら寝室を見回した。ベッドにも寝室の中にもいない。

「陛下は全体会議に入られております」

天蓋の向こう側から女性の声が聞こえて、ぎょっとする。

「だ、だれ？」

振り向いて問いかけると、天蓋の開いているところに女性が現れた。

「侍女長のパメラでございます」

頭を下げてマリカに答える。

「ああ……」

王の間を担当する侍女の中で一番偉い人物だ。レラやタラと違って厳格そうな中年女性である。白髪交じりの赤銅色の髪をひっつめ、黒くて長いシンプルなドレスを身に着けていた。

「アーサーさまはいつここから出られたの？」

「昨夜です。夕刻に閣議がございましたので、その少し前でしょうか。マリカさまを起こさぬようにと言いつかっておりました」

マリカと一緒に眠ってしばらくすると、アーサーは自分だけ起きて閣議に臨み、そのあと全体会議に出ているということである。

（ゆっくり眠る暇もないのね）

自分だけのうのうと寝ていて、マリカはなんだか後ろめたい気持ちになった。

「お着替えとご朝食の用意が整っております。お食事はこちらにお持ちいたしますか」

「いいえ。着替えて食堂でいただきます」

ベッドの上で食べるのは嫌だし、自分だけたっぷり寝て更にここで怠け者のように食事をしたくなかった。それに、王の間はどうも堅苦しくて苦手である。

（食堂でレラやタラに給仕をしてもらった方がいいわ）

マリカは普段着のドレスに着替えると、食堂に向かった。食堂は王の間と王妃の間の間にある。

（一緒に食べたかったわ）

一人では味気ないしつまらない。

パメラによると、アーサーは夕べも今朝も執務室で食事をしたとのことである。マリカは疲れているだろうから起こさぬようにと、命じられていたそうだ。

（起こしてくれていいのに。食事くらい一緒にしたかったわ）

今日もまた、退屈な一日が始まる。それを思うとちょっとうんざりし、マリカはため息をついた。

（食事は美味しくていいんだけどね……）

テーブルには、パンやスープのほかに肉や魚の料理が載っていた。朝食といえどもちょっとしたフルコースで、こんなに食べたら太ってしまうかもしれないと心配になる。

そんなことを考えながら食べ終え、王妃の間に戻ってお茶を飲んでいたところ……。

「陛下がいらっしゃいました」

「国王陛下がおいでになられました」

レラとタラがやってきた。

「アーサーさまが？」

驚いて顔を上げると、軍服姿のアーサーが歩いてくるのが目に入る。勲章がじゃらじゃらついた華やかな正装用ではなく、執務や閣議用の普通の軍服だが、とても凛々しくてかっこいい。

(おとぎ話の王子さまが歩いているわ)

輝く金髪と晴天を思わせる青い瞳。通った鼻筋と適度な濃さを持つ揃ったまつげ。長身で脚が長く、それなりにがっしりとした体軀をしている。

アーサーの容姿が完璧すぎて、現実感がない。

(なんだかわたし、夢の王国にいるような気がする)

うっとりと見惚れているマリカの前にアーサーが立った。

「閣議で決まったことを報告しに来た」

まっすぐにマリカを見つめて告げる。

「報告?」

自分に関することだろうかと、首をかしげてアーサーを見上げた。

「妻には夫のことを知らせなくてはいけないのだろう? 昨晩閣議で決定したことを、先ほど全体会議で告知した。妻のあなたにも報告しようと思ってね」

アーサーの言葉に、あっ、とマリカは小さく声を発する。

昨夜エッチになだれ込む前に、自分は妻なのだからアーサーの動向を知らせてほしいと訴えていた。適当に聞き流されたかと思ったら、律儀に守ってくれたのである。

（いい人なのね……）

マリカはアーサーの真面目な人柄に好感を抱き、温かな気持ちになった。

「はい。お知らせ下さい」

笑みを浮かべてうなずく。

「閣議では、堤防の修復と並行して農地の回復に力を入れることが決定した」

話しつつマリカの向かい側にある長椅子に腰を下ろした。

「今後は視察のために農地へ赴くことが多くなるだろう」

マリカの顔を見ながら告げる。

「アーサーさまが農地にいらっしゃるの？　王さまなのに？」

農林大臣とか部下とかがすることではないのかと首をかしげた。

「報告を待っている時間が惜しい。実際に見て回ることで確実な指示が出せるからね」

「農地ってどこにあるの？」

城から見た限り、王都は家屋敷ばかり連なっていた。遠いところにあるのだろうか。

「主要な農地は王都の外側を東西南北に囲んでいる。それぞれを視察し、状態を把握する予定だ」

「また何日も戻ってこないの？」

しゅんっとしながら問いかける。

「私がいないと何か問題があるのか？」

心配そうに顔を覗き込まれた。

「……寂しいし、することもありません」

正直に答える。城も食事も豪華で侍女や使用人から至れり尽くせりで世話をしてもらっているが、続くと飽きてうんざりした。

「ああ……なるほど、寂しいのか」

アーサーはマリカの言葉を聞くと、微笑みながらうなずいている。

(子どもみたいだと思われたかしら)

ちょっと恥ずかしくなるが、本当のことなのだ。

「何日も城を空けることはないよ。日帰りか、長くても二日で戻る」

「日帰りでも行けるの？」

ふとアーサーに問いかけてみる。

「そういう場所もある」

「それなら、わたしも行きたいわ！」

「え？」

アーサーの表情が、微笑みから驚きに変わった。

マリカも、自分の口から出た言葉にはっとする。

（そうよ！　外出よ。なんでこれまで気がつかなかったのかしら）

「農地というか、この国を見てみたいの。連れていってもらえませんか？」

両手を合わせてアーサーに頼んだ。

（この退屈な日常から脱出できる最良な策かもしれない）

自分は一応王妃なのだから、国のことを知る必要だってある。

「ああ……だが、馬での移動になる。乗れるのか」

「馬？　……乗ったことないわ」

（そうだった。この世界には電車も車もないわ）

徒歩以外の移動手段は馬くらいしかないのだろう。当然のことながら、マリカは馬に乗ったことはない。

「えっと、あの、馬車はないの？」

西洋のおとぎ話に出てくるシンデレラが乗っているような馬車が、この世界にはありそうだと思う。

「馬車はあるが、長雨のために道がぬかるんでいてね、今は使えないんだ」

特に王家の馬車は大きくて重いので、車輪が沈んでしまう。しばらくは馬だけでの移動になるという答えが返ってきた。

「馬に乗れなければ連れていってもらえないのね……」

マリカはがっかりして肩を落とす。

「私の馬に一緒に乗るか？」

しゅんとしていると、アーサーから素敵な提案が聞こえてきた。

「一緒に乗れるの？」

顔を上げたマリカは目を輝かせて問い返す。

「近場なら構わないよ。だが、馬の背は高いぞ？　揺れるし大丈夫か？」

「はい！」

（馬に乗れる！）

これは新鮮な出来事だ。スマホもゲームもコンビニもない暇で不便なこの世界の、お城とドレスに次ぐ特典だと思う。

「明後日は東の農地を視察する。あそこは王都から一番近く、そしてそれほど大きくないので一日で回れるだろう。そこでいいなら一緒に行けるが？」

「行きます！」

（馬に乗れてこの城から出られるなら、どこでもいいわ）

面白みのない農場でも今のマリカにとっては新鮮だ。そこへ行くまでに王都の街並みも見られる。それだけで十分わくわくした。


そして二日後の早朝——。

「マリカさま朝でございます」

「ご朝食とお着替えの時間でございます」

レラとタラに起こされた。

「朝……？　まだ暗いわよ？」

あくびをしながら二人に言う。

「日の出とともに陛下がご出発になられます」

「それまでにご準備を終えるようにとのことです」

朝食と外出用のドレスが王妃の間に運ばれてきた。

「わかったわ」

早朝から出かけるのは、車も飛行機もない世界だからしょうがない。

(このくらいの不便は当然よね)

眠い目を擦って起き上がり、朝食を摂って着替える。アーサーは準備のため、すでに厩舎に行っているらしい。

「なんかこのドレス、重いわ」

これまで着ていたピラピラでヒラヒラなものではなく、厚めのしっかりした布で仕立てられたコート風なドレスだ。

「外出用のドレスでございます」

「丈夫な布地で仕立ててございます」

レラとタラの説明を聞いてマリカはうなずく。

(いつも着ているのって、ちょっと頼りないものね)

馬に乗ったらスカートがめくれ上がり、ドロワとかいう下着まで丸見えになるし、ちょっとでも引っかけたら破れてしまうだろう。このくらいしっかりした厚めの布地なら安心である。

(それに、高校の制服もこのくらいの重さがあったような気がするわ)

ブレザーとプリーツスカートは、三年間保《も》つようにと分厚い布地で仕立てられていて重かった。

ここに来てからずっとヒラヒラのドレスか一枚仕立ての夜着だったので、身体が軽い服に慣れてしまっていたのかもしれない。

衣装部屋の大鏡の前に置いた椅子に座って、自分を見つめていると……。

「お髪もまとめましょうね」

「半分編み込みましょうね」

レラとタラがブラシを持ってマリカの左右に立つ。銀色の長い髪を梳くと、サイドを編み込みにした。

乗馬の邪魔にならないようにとつばの小さい帽子を被せられる。太いヒールの靴と柔らかな白い手袋を嵌めたら準備完了だ。

「ありがとう。では行ってくるわね」

レラとタラにお礼を言って王妃の間から出て王の間に向かう。

「その姿ならいいだろう。旅行服も髪型も似合っている」

支度を終えたマリカを見て、アーサーがにこやかな表情で言った。

「あ、ありがとうございます」

褒められて嬉しく思いながらうなずく。

「では馬乗口へ行こう」

城の正門に面した広場に、乗馬用の出入り口がある。そこに、国王専用の馬が待機していた。

「わ……っ！」

生まれて初めて間近で馬を見て、その大きさに目を見開く。

（馬の背がすごく高いわ。もしかして、私のいた世界の馬より大きい？）

近寄って見上げる。毛並みが艶やかで綺麗だ。目がくりっとしていてかわいらしい顔をしているが、大きいので迫力がある。

「やめておくか？」

馬を見上げたまま止まっていると、アーサーが心配そうに声をかけてきた。

「いいえ。だ、だいじょうぶ、乗るわ、乗ります！」

こんなに大きな馬に乗る機会なんて、ここを逃したらこの先ないだろう。マリカの世界の馬はもっと小さいし、もし元に戻れなくて天界に行ったとしたら魂の倉庫行きで、馬に乗るなんてことは永遠になくなる。

マリカの返事を聞いたアーサーは笑いながらうなずいた。

「ではいくよ。座ったら鞍の前方をつかむように」

馬の背に二人用と思われる革の鞍がついている。国王用らしく金模様の装飾が施されていて、前方に握れるような突起があった。

「はい」

マリカがうなずくと、アーサーから両脇に手を入れられる。ぐっと身体を掴まれたかと思うと、ふわりと浮き上がった。

(わあ……っ!)

マリカの身体は軽々と持ち上げられ、馬の背に座らされる。

「鞍を持って!」

「は、はいっ!」

慌てて鞍を掴む。

(すごいわ)

想像以上に高いが、上から見る景色は格別だ。

感動しながら見ていると、アーサーがマリカの後ろに跨る。鐙に足をかけたら、馬がブルルルッと鼻を鳴らしながら震えた。

「ひゃっ」

びっくりしてマリカは肩をすくめる。

「本当に大丈夫か？」

心配そうに顔を覗き込まれた。降りるなら今だぞと囁かれる。

「だいじょうぶ。とても素敵だわ」

興奮しながらアーサーを見返した。

（こんなに素敵な体験、降りるなんてもったいないわ！）

「ふむ」

マリカの顔を見て大丈夫そうだと判断したアーサーは、後方に控えていた騎馬隊に顔を向ける。

「それでは出発する！」

アーサーの声が響き渡った。

「はっ！」

騎馬隊が応えた。国内視察なので軍隊ではなく騎馬の護衛隊だそうである。

馬はゆっくりと歩き出し、次第に歩を速めていく。

「これから走る。辛かったら遠慮なく言っていいからね」

「はい」

（でもきっと大丈夫！）

マリカは走り出した馬に夢中だ。

尻の下から馬の振動が伝わり、身体が上下する。

馬の背は高い。速くなっていくにつれて振り落とされそうに身体が揺れる。

（す、すごい迫力だわ）

絶叫系マシーンに近い恐怖を感じた。

けれど、恐ろしさよりも楽しさの方が勝っている。

（こんなアトラクション、どこにもないわ）

わくわくが止まらない。

二人を乗せた馬は城の門をくぐり、王都の街へと繰り出す。

目の前に赤い瓦屋根の街並みが広がり、石畳の道にひづめの音が響き渡った。顔に当たる風も新鮮で、スピード感が心地よい。

（中世のヨーロッパもこんな感じだったのかしら）

テーマパークのような造りものではない本物の街並みは、賑やかで活気がある。市場や商店街、外にまでイスとテーブルが並ぶカフェなど、マリカのいた世界の西洋と似ているところがいくつもあった。

広場まで来ると人が増えてくる。アーサーは隊列へ歩くように指示を出し、馬の速度がゆっくりになった。

(街の様子がよく見えるわ)

様々な露店が出ていて、アコーディオンのような楽器で音楽を奏でている者もいる。農作物を売る露店には、大勢の人が集まっていた。

「ここではお野菜が人気なのね」

「長雨で農産物が不足しているから、早く買わないとあっという間に売り切れてしまうそうだ」

「それでなのね……」

値段も高騰しているそうで、大雨の影響をマリカは実感した。

「あ、国王陛下だ！」

国王の視察の隊列だとわかると人々は手を振り、雨が上がったことに感謝の言葉を投げかけてくる。

「もしかして、一緒にいらっしゃるのは聖女さまか？」

「なんてお美しい！　雨を止めてくださり、ありがとうございます！」

王と一緒に馬に乗っているのが聖女だとわかると、歓声まで上がった。

「みんな笑顔だわ」

マリカも笑みを浮かべて人々に手を振る。

「雨が上がったからな。こうして露店を開けるし、人々も雨具無しで外に出られる」

手を振りながらアーサーが説明した。

「雨だと露店は出せないの？」

「出せないことはないが、雨除けのテントを張ったり、水たまりや流されそうな場所に気をつけなくてはならない。客足も少ないから、農作物以外は商売にならないんだ」

「そういうことなのね」

自分が雨を止めたことが、こんなにも役に立って喜ばれている。

「もしかしてわたし、すごいことをしたのかしら」

「そうだよ。この世界に降りてきて、雨を止ませてくれて、本当に感謝している。ありがとう」

マリカの頭に頬をつけ、アーサーが感謝の言葉を告げた。

（な、なんだか……）

照れと恥ずかしさがこみ上げてくる。それとともに、自分の身体がアーサーと密着していることに、今更ながら気づいて意識してしまう。

馬に乗った興奮と初めて見る街並みに気を取られていて、これまでそれに気づいていなかった。

彼の匂いや体温を意識したら、ドキドキしてくる。

耳の奥に鼓動が響く。

(これはわたし?)

どんどん速くなっていくから、アーサーのではなく自分のに違いない。

(でもなぜ?)

彼とは子作りのために、寝室でもっと淫らな密着をしている。それに比べたら大したことはないはずなのに、恥ずかしさが止まらない。

(もしかして、感謝されたから?)

街の人々からも歓声をもらい、アーサーからありがとうと言われた。そのことに嬉しさと同じくらいの恥ずかしさを感じている。

「どうかしたか?」

突然うつむいて無口になったため、アーサーに問いかけられた。

「い、いえ、あの……人の役に立って喜ばれるのは、いいことだと思って……」

自分の人生の中で、これほどまでに充実感を覚えたことはなかったかもしれない。

「うん。そうだな。私も民の笑顔を見られるから、王として働けるのだと思う」

「そうなの？」

振り向いてアーサーに問いかける。

「そうでなければ、不眠不休で働いたりしないよ。こんなに綺麗で魅力的な妻を城に置いてね」

笑顔で見下ろされた。

至近距離のためにぼやけているが、精悍で魅力的な笑顔を向けられると顔が熱くなってくる。

「……そ、そう……」

（綺麗だなんて……）

マリカは真っ赤になった顔を前に戻す。

この世界に降ろされた時、サーシャから綺麗な容姿に変えてもらったからだと承知している。でも、アーサーに綺麗だと言われると、わかっていても恥ずかしい気持ちになる。

（なんで？）

自分で自分の反応が理解できない。

「そろそろ馬を速めるよ」

もじもじしながらうつむいていると、アーサーから声をかけられた。

「は、はい」

慌てて返事をして鞍に掴まる。

街外れまで来て人の姿が減ると、アーサーは後方に指示を出して手綱を引いた。馬がふたたび走り出す。


（まいったな）

アーサーはマリカと馬に乗りながら、心の中でつぶやいた。

天から降りてきた当初は華奢で大人しそうに見えたのに、聖女は意外にしっかりとしていて好奇心が強い。違う世界から来たと言っていたし、知らないことも多いと思われるが、物怖じせず意見を言い、質問をぶつけてきた。軍人王である自分を恐がるようなこともなく、むしろ積極的なところもある。

今日も、女性なら尻込みするような軍用馬に果敢に挑んできた。しかも、とても楽しそうに乗っている。

マリカは表情や感情が豊かで、一緒にいると楽しい。知れば知るほど彼女の持つ魅力に引き込まれていく。

(先ほど私を見上げた笑顔は、最高級にかわいかったな)

思わず馬上で抱きしめたくなる衝動を、アーサーは必死に堪えたのである。

もしここが城であったら、すぐさま寝室に連れ込んで、抱いてしまったかもしれない。それほどまでに、アーサーの心は揺さぶられている。

(夜までの我慢だ)

自分を制して、アーサーはぐっと手綱を握り締めた。両腕の間にいるマリカの匂いや体温を感じ、輝く白金の髪が愛おしくてたまらない。

(しかしなぜこれほどまでに惹かれるのだろう)

これまでそれなりに多くの女性と出会っている。美しく賢い女性も何人かいたが、心を揺さぶられたことはない。国を統べることに重きを置いていて、それどころではなかったという理由もあるが……。

天帝から聖女を賜ることを告げられた時も、いずれは妃を娶らなくてはならなかったし、それで世継ぎまで産んでもらえるのならちょうどいい、というくらいの軽い気持ちだったように思う。

それが、聖女の彼女を見た瞬間、心を奪われてしまった。婚礼の儀式で抱いた時には、魅力的な色っぽさに心身が歓喜に震え、彼女を与えてくれた神に思わず感謝をしてしまったくらいである。

アーサーは自分とマリカのことについてぐるぐると考え、溢れそうになる欲望を抑えながら馬を進めた。

だが……。

王都の街から出て農村地帯に入ると、ほんわかした気分は吹き飛ぶ。

「これは厳しいな……」

思わずつぶやいてしまうほど、農地がぬかるみ荒れていた。

「水はけが悪いの？」

「そうだ」

マリカの問いかけに難しい顔のまま肯定する。

雨は上がったものの、水はけの悪いところは沼地のような状態で、作物の一部は見るからに根腐れしている。

「晴れていれば水が蒸発するのだが、曇天続きで溜まったままだ。ここは排水用の土木工事をしなくてはならない」

「土木工事はすぐにできるの？」

「技術的に難しいことはない。ただ……」

アーサーは辺りをざっと見て、土木工事に必要な技術者や人足の数などを頭の中で計算した。

「何か問題が？」

「技術者や人足には限りがある。おそらくこの先見て回るどの農地も、同じような状態だろう。ここにだけ人を投入するわけにはいかないんだ」

「雨は上がったけれど晴れないから、こういうことになっているのね」

マリカも硬い表情で見つめていた。

「そもそも我が国は、雨の少ない地域だ。それで、そこそこ保水力のある土を農地に使用し、作物を育てている。今回は豪雨のためにその保水力が仇となり、浸水や洪水が起こってしまった。だから雨が上がっただけでは、農地のぬかるみは解消しないんだ」

アーサーが説明するとマリカは眉間に皺を寄せた。その様子を見て、今のは聖女に不満をぶつけたようなものだと気づく。

「大丈夫だよ。時間はかかるがひとつひとつ修復していけば元に戻る」

慌ててアーサーは言葉を補った。

「どのくらいかかるの？」

「時間か？　そうだな。まあ、視察を終えてみないと断言できないが、二年ほどではないかと推測している」

「そんなに？　二年も作物が育たなければ大変では？」

「かなり厳しいが、備蓄を開放し、足りない分は外国から購入すれば凌げるだろう」

アーサーの答えを聞くと、マリカは更に悲壮な表情で農地を見つめる。

「わたしが……雲を晴れさせられないせいだわ……」

辛そうにつぶやいた。自分を責めているように見える。

「あなたは雨を止めてくれたではないか。私も民も感謝している」

「でも、この厚い雲をどかしてお日さまが照れば、水はなくなって作物もたくさん育つのでしょう？　大規模な工事もいらないのでしょう？」

「それはそうだが、私たちはとにかくあの忌まわしい大雨を止めてほしかった。その願いが叶っただけで十分だ。あなたも天界で、雨を止ませてくるようにという命を受けたのだろう？」

「そうだけど……」

アーサーの言葉にマリカの表情は曇ったままだ。それどころか、農地を視察して回れば回るほど、悲しげになっていく。

「ほら、皆があなたに感謝をしている」

聖女が王と一緒に視察に来ていることを知ると、農村の人々は沿道に出て手を振ってくれた。笑顔を浮かべて雨を止めてくれた感謝の言葉を発している。マリカが王妃になることも喜んでくれていた。

マリカは笑みを浮かべてそれに応えているけれど、人々の列が途切れると辛そうな顔に戻ってしまう。

「今日はここまでにして城に戻ろう」

ひと通り視察を終えると、アーサーは馬の向きを変えた。まだ午後になったばかりだが、空が厚い雲に覆われているので暗くなるのが早い。

それまで見て回った農村地を走り抜け、王都の街に着く頃には薄暗くなり始めている。

「今日は連れていってくれて、ありがとうございます」

街に入って馬が速度を落とすと、マリカがアーサーにお礼を述べた。

「疲れただろう?」

「ええ、少し……」

小声でうなずく。顔色も心なしかよくない気がする。

「初めての遠出だ。城に戻ってゆっくりするといい」

アーサーは自分の欲望を抑えてマリカに告げた。

本当は自分の部屋で夜を過ごさないかと誘いたかったが、マリカの様子を見て今夜はやめておいた方がいいと判断する。

「いいえ、ゆっくりしてはいられません」

マリカはぱっと顔を上げると、アーサーの目を見て答えた。

「なぜだ？」

きりっとした表情を向けられてどきっとする。

「わたし、この雲を晴らすための勉強をしなくてはならないわ」

「この雲を？　できるのか？」

「できるかどうかわからないわ。とても難しくて……天界での講義では、雨を止める呪文しか習得できなかったから……」

恥ずかしげにうつむいて答えた。

「天界でできなかったことを、ここでやろうというのか？」

アーサーの問いに、マリカは首を振った。

「たぶん、無理……だわ」

「そうか……」

ぬか喜びをしてしまったが、それでも、雨が上がっただけでも十分だ。アーサーはマリカにそう言おうとしたところ……。

「でも、だめだとしても、やらないで諦めるわけにはいかないわ。だってあの時のわたしは、やれるところまで努力していなかったのだもの」

悔しげに唇を噛み締めている。

「なるほど」

「だから、期待させてしまって申し訳ないけれど、無理なことは承知で頑張ってみたいの」

ふたたび強い視線を向けられた。

「そういうことならわかった」

マリカに笑みを向けてうなずく。

「わがままを言ってごめんなさい」

「わがままではないよ。それに、あなたがこの国や民を思ってくれてのことだ。私は嬉しく思う」

笑顔でマリカを見下ろす。

「ありがとう。……わたし、アーサーさまのところへ降りてこられてよかったです」

「私もあなたを妃に迎えられてよかったよ」

「……本当に？」

悲壮な表情が少し和らいだ。

「ああ、とても嬉しいよ」

「わたしも嬉しいです」

マリカにようやく笑顔が戻る。やはりかわいいとアーサーの胸はざわついた。

ちょうど街外れで周りに人はいない。馬は徐行していて、あたりは薄暗くなってきていた。後ろの部隊に自分たちの顔は見えないだろう。

（ああだめだ、我慢できない）

アーサーは片手を手綱から離すと、マリカの顎に添えて仰向かせた。彼女の薄桃色の唇に自分の唇をそっと重ねてしまう。

自分はこの聖女にぞっこんなんだなと、口づけをしながらアーサーは思うのだった。

第六章　痛い約束

城に戻ったマリカは、アーサーと別れて王妃の間に入った。

「お戻りなさいませ王妃さま」

「お帰りなさいませマリカさま」

レラとタラが出迎える。

「ただいま……」

うわの空で挨拶をして彼女たちの前を通り過ぎた。

「お疲れさまです。お着替えをいたしますか」

「お食事にいたしますか。沐浴にいたしますか」

問いかけられてやっと足を止める。気もそぞろで、それどころではないという表情で振り向いた。

「あ、あの……少しひとりで考え事をしたいのだけど、いいかしら」

マリカは居並ぶ彼女たちに告げた。

「かしこまりました」

「承知いたしました」

二人は一瞬顔を見合わせたものの、すぐにいつも通りに頭を下げると、居間から出ていった。衛兵も外に出てもらい、王妃の間と控えの間の間にある扉が閉じられる。

「はあ……」

ひとりになったマリカは、大きく息をついた。

馬上でしたアーサーとの口づけは、すごくロマンチックだった。あれからずっと、夢のようなキスに頭の芯がぼーっとしている。

(なぜこれほどまでに心を奪われるの?)

婚礼の儀式やその後にも、アーサーとは淫らな交わりをしていた。甘く囁かれ濃厚な口づけを受け、深く繋がりながら抱き合ったこともある。

それなのに、先ほどした触れただけのキスが、頭から離れない。

思い返しているうちに、軽いキスだけでなく、濃厚な口づけや交わりもしたくなっていた。すぐにでもこの王妃の間から出て、アーサーのいる王の間へ行き、あの寝室で……。

そこまで考えて、マリカは頭を左右に振る。

(だめよ！　わたしにはしなくてはならないことがあるのよ)

視察で見た農村は、どこも悲惨な状態だった。人々の身なりはボロボロで、生活が苦しそうなのは一目瞭然である。大雨といつまでもぬかるんでいる農地のせいで、厳しい暮らしをしているのが痛いほど伝わってきた。

雨を上げさせるだけではダメなのだと、農村を見てマリカは思い知る。

あのぬかるみや水たまりは、晴天になりさえすれば消えて大規模な工事がいらなくなり、作物がたくさん育つ。

アーサーも人々も、雨を止めてくれただけでありがたいとマリカに言ってくれているけれど、その言葉に甘えていてはいけない。

今日見た街や農村の人々のマリカに対する感謝や歓迎に見合う働きを、自分はしていないと感じた。

彼らの期待にもっと応えなくてはいけない。

(だって私は、王妃でもあるのだから)

城で贅沢な暮らしをし、綺麗なドレスで寝転がり、暇だと文句を言っていた自分がどれほど愚かであったか……。

雨を止めたことを感謝され、悦に入っていた自分の態度を振り返ると、穴に入りたくなるほど恥ずかしい。

妻として王妃として、ちゃんと扱えとアーサーに要求したことも、思い出すと消え入りたくなる。

（なにが王妃よ！　民のことを考えない王妃なんて、痛い存在でしかないわ！）

拳を握り締める。

王妃とは、国王を支え、臣下や民を幸せにして初めて贅沢が許されるものだ。その覚悟もなく意識も低ければ、皆がキャサリンのようにマリカを非難しても文句は言えない。

（王妃として、わたしなりにできる最大限のことをしよう）

マリカは決心した。

居間の中央に立つと、顔を上げて天井を睨む。

「天界の書よ、神の書よ、わたしのところへ降りておいで」

手を広げて命じた。

「…………」

だが、しばらくしても、何も出てこない。

「あれ？　……おかしいわね」

聖女には、力の使い方を記した指南書というのがあり、その保管に関する呪文は大天使の講師から教えられていた。

「命令が違っているの？」

簡単な呪文だから忘れるはずはないと侮っていたのと、必要とされていた雨の上がる呪文が使えるようになったから指南書なんてもういらないわと、適当に聞き流していたことを思い出す。

「わたしったら……」

ちゃんと覚えていなかった自分に呆れながらも、ふたたび上を向いた。

（ここで諦めてはだめよ）

「神の書よ、天界の書よ、降りてこい」

順番を変えてやってみる。

「降りてこい、天界の書よ、神の書よ」

あれこれ何度もやってみて、さすがに焦り始めた時だった。

「天界の書よ、降りてこい、神の書よ、降りてこい」

と言ってすぐに、花模様のレリーフが施されている白い天井の中央が、ふにゅっと歪んだのである。そして銀色の表紙の分厚い指南書が現れて……。

「あ、出てき、えっ？　きゃっ！」

出てきたと思ったらすぐに落下してきた。とっさに避けたマリカの横に、ドンッと地響きを立てて落ちる。

「これってこんなに重い本だったの？」

天界で講義を受けている時は重さなど感じなかった。あの時は魂だったのと、天界には重力など存在しなかったかららしい。

床に落ちた指南書を両手で拾い上げた。かなりずっしりとしている。

「とりあえずこれで勉強のし直しだわ」

居間にあるテーブルに載せて開く。

(この本でもう一度勉強し、雨雲を消す呪文を習得し直さなくては)

天界語を思い出しつつ、真剣な表情で指南書を読み始める。

「先ほどから何をしているのかな？」

背後から声がかかり、びくっとして振り向いた。

「アーサーさま……」

夜着のガウンを纏ったアーサーが、居間の入口に立っていた。

「王妃の間から大きな音と声がしたが、大丈夫か？　入ってはいけないと命じられていると、控えの間で侍女たちが心配しているよ」

国王のアーサーなら許されると判断し、彼だけが入ってきたらしい。

「え？　あ、えっと、この本が落ちた音です。心配はいりません」

テーブルの上を指してマリカは答えた。

「いったいそれはなんの本だい？」

首をかしげつつ、アーサーがこちらに近づいてくる。

「聖女の力の指南書です。呪文や力の使い方が書いてあるの」

取り出す際に落ちてきて音がしたのだと、マリカの横に立ったアーサーに答えた。

「もしかして、雲を消すために？」

「はい。とても難しいので、かなり時間がかかると思うけれど、やるだけはやってみようと思って」

改めて決意を伝えると、優しい笑みが返ってきた。

「ありがとう。あなたの気持ちがとても嬉しいよ」

「がんばります。少しでも早い方がいいから、今から始めてみます」

「今から？　もう夜だよ？」

「でも、皆が困っているもの」

のほほんと寝てはいられないと訴えた。

「心がけは素晴らしい。だが、今夜は休みなさい」

「え？」

「今日は視察に出て疲れている。焦ってやるよりも休んで英気を養って、明日から頑張る方が頭に入るのではないか」

「それは、そうですね……」

久しぶりの外出と初めての乗馬に、興奮の連続だった街や村の視察で、マリカは自分が疲れていることを自覚した。

「アーサーさまのおっしゃる通りです」

「実は、休む時は休まなければ何事も成し得ないと、侍女長のパメラに言われてね。それで私も、今宵は寝ることにしたんだ」

「そうなのですね」

そういえばアーサーも、このところ寝ずに政務をこなしたりしていた。それをパメラに指摘され、考えを改めたらしい。

「あなたに休む前のキスをしに来たら、侍女たちが部屋に入れないと困っていた場面に遭遇したというわけだ」

「それでここにいらしたのね」

「うん。だから、いいかな？」

「はい？　なにをです？」

「キスをしたいんだが」

苦笑しながら見下ろされる。

「あ……はい、いいです。わ、わたしも、したい……」

頬を染めて見上げた。

アーサーは笑みを浮かべたままマリカの背に手を回し、そっと抱き寄せる。

「今日は視察に来てくれてありがとう。私だけでなく、臣下も民も喜んでいた」

「わたしこそ、連れていってくださり、ありがとうございます。こんなに素敵な国に降りてこられて、よかったと思いました」

笑顔を返すと、アーサーの精悍な美貌がマリカに近づいてくる。ドキドキしながら目を閉じると、彼の唇が重ねられたのを感じた。

（ああ……馬の上でしたのと同じ……）

馬上でのロマンチックなキスを思い出す。あの時はすぐに離れたけれど、今はいつまでも触れ合っている。

「は……ん……」

マリカの唇が少し開くと、アーサーの舌が入ってきた。歯列をなぞり、奥へと進んでくる。

口腔でマリカの舌と絡み合う。

（これ……おやすみのキス？）

初めは軽かった口づけが、どんどん濃くなっていく。お互いのだ液が混ざり合い、アーサーから口内を貪られた。

強く抱き締められ、淫らなキスを受けながら背中や腰を擦られる。

（ああ……）

ドキドキが頭の中に響き、ぼうっとしてきた。

すると、更に下へとアーサーの手が滑ってきて、お尻のあたりに触れた。

「い、痛っ！」

突然の痛みにマリカは声を上げた。

「どうした？」

唇を離したアーサーが驚いて見つめてくる。

「あ、……ごめんなさい。あの……」

「何か嫌なことをしてしまったか？」

「い、いえ、その……」

もじもじしながらうつむく。

「痛い、と聞こえたんだが？」

顔を覗き込まれた。

「それが……えっと……こ、このあたりがちょっと痛くて」

お尻に手を当てて答える。恥ずかしくて目を合わせられない。

「そこ？　ああ、馬に乗ったせいか……」

アーサーの言葉にうなずいた。

乗馬は楽しくて良かったが、馬上で身体が上下し、硬い鞍にお尻が何度もぶつかった。そのため、そこが腫れて痛くなっていたのである。

「痛みに効く湿布がある。あとで侍女に持ってこさせよう」

「ありがとうございます」

「乗っているうちに慣れるが、最初はどうしても痛むし辛いだろう。早く治しておかないとね」

「はい」

うなずいたマリカの耳に、アーサーが顔を近づけた。

「治ったら、また一緒に寝てもいいか」

ドキッとするようなことを質問される。

「え、ええ、もちろん……」

「寝る前に、あなたを存分に愛してもいい?」

赤面ものの問いかけに、マリカは無言でうなずく。

「では、その日を楽しみにしている」

耳に軽く口づけると、アーサーはマリカの部屋から出ていった。

第七章　聖女のお仕事

それからマリカは、昼は指南書で雨雲を消す呪文の勉強をし、夜はアーサーと夫婦の生活を営んだ。

風の力や星の力を自分に取り込み、強い呪文で一気に雨雲を吹き飛ばすのが成功の秘訣だ。とはいえ、風の力や星の力というのは簡単には取り込めない。

苦手な計算で風速を割り出し、星の角度を測定する。高校で嫌いだった数学と物理と地学の知識が必要だった。

（魔力なんだから、呪文を唱えただけでちゃちゃっとできればいいのに！）

毒づきながら指南書に取り組む。

マリカが女子高生だった頃には、絶対にしなかったであろう努力をしていた。昔ならきっと、もう投げ出していただろう。

そうならないのは、人々の感謝の声や笑顔を、心から受け取りたいからだ。彼らの期待に応え、幸せにしてあげたいと思う。

そしてなにより、アーサーの励ましが大きかった。

「無理をしなくてもいいんだよ。でも、あなたが頑張る姿は美しい。私も政を頑張らなくてはと、改めて思うよ」

素晴らしい女性だ。愛おしい。などなど、言葉を尽くしてマリカを賞賛してくれるのである。

褒められれば豚だって木に登る。マリカだって頑張れてしまう。

けれども、雨雲を消す呪文は、簡単には効いてくれない。天候や風向きに大きく左右されるためだ。

「ああ……まただめだわ……」

テラスで空に向かって呪文を唱えるも、雲はびくともしない。最良のタイミングが摑めていないのだろうか。

「はあ……」

（この呪文、めちゃくちゃ疲れるわ……）

テラスの手すりに摑まり、マリカは膝をついた。一度唱えると、足腰が立たなくなるほど消耗する。

「がんばるわねえ」

聞き覚えのあるイントネーションの声が頭上からした。

「サーシャ……」

見上げると、ツインテールの女児が空中に浮かんでいる。大きさは、以前の三倍くらいになっていた。それでも人間の女児より小さい。

「なにしに来たの？」

笑みを浮かべている魔女のサーシャを見上げて、むっとしながらマリカは問いかける。

「中途半端な呪文が天界まで何度も響いてくるものだから、大天使たちが辟易しているのよ」

「しょうがないじゃない。上手くいかないのだもの」

努力はしているのよと、言い返した。

「わかっているわよ。天界に響くくらいだからね、かなり完成度が高くなってきているのは確かだわ」

「そうなの？」

完成度が高いと聞いて、マリカの表情は明るくなる。

「まさかマリカがこの呪文を使おうとするなんて、大天使たちは思っていなかったわ。まあ、アタシも思ってなかったけど……」

ニヤリとサーシャが笑った。

「なによ、わたしをバカにしているの？」

ふたたび睨みつける。

「いいえ、驚いているのよ。独学で天界まで響かせたのだもの。ただ、マリカがやろうとしている呪文は、聖女の力だけではダメなのよ」

初めて聞く情報にマリカは目を見開く。

「え？　指南書にはそんなこと書いてないわよ」

舐めるように指南書を読み込んだのだ。見落としなどありえない。

「改訂版には記されているんだけど、どうせやらないだろうと大天使は旧版を渡したみたい」

「ひどーい。大天使のくせに人でなしだわ！」

そもそも天使は人ではないが、天使ならもっと慈悲深くあってほしいと思う。

「わたしの努力は無駄だったってことなのね……」

更に脱力し、マリカはテラスにへたり込む。

「そんなことないわよ。ほら、これを使えば力が増幅されて上手くいくわ」

サーシャが青い棒を差し出した。二十センチくらいの長さで、親指くらいの太さがある。

「これで力が増幅されるの？」

棒を受け取ると、まじまじと見つめた。

「大天使からマリカに渡すように頼まれたのよ。ったく、このアタシを使いっ走りみたいに働かせるなんて、失礼しちゃうわ」

頬をぷうっと膨らます。

「まあ、大天使さまありがとう！　お心遣いに感謝いたします」

ぷんむくれているサーシャを無視して、マリカは天を見上げた。

「さっきは罵倒していたくせに」

両手の指を組んで感謝の言葉を述べるマリカに、サーシャが苦笑している。

「あら、罵倒なんてしてないわあ」

ちょっと文句を言っただけよとすました顔で返した。

「もうひとつ、大天使から伝言よ。その呪文は多くの人の気持ちも大切なの」

「どういうこと？」

「ひとりではなく、力を合わせるのよ。あと、その棒は使えるのが一度だけで失敗したら終わりよ。じゃあね！」

サーシャは驚くマリカに手を振ると、すうっと天に昇っていった。


五日後。

王城の正門前と、正門を出て橋を渡った先にある広場に人々が集まった。正門前に貴族や城で働く者たちがいて、その向こうの広場にはフェルリア王国の民が待機している。

正門の上にある大テラスには、大臣や宰相のカルタが立っていて、彼らの間に国王のアーサーと王妃のマリカが黄金で飾られた椅子に腰を下ろしていた。

「陛下と聖女さまだ」

「これから聖女さまが雲を晴らしてくださる」

「我々も協力せよとのことだぞ」

「これを一緒に唱えればいいのか？」

王都の人々はざわめきながら王城を見上げている。皆、それぞれの家に配られた指示書を手にしていた。

「皆の者！　これから陛下がお話しになられる。しっかりと聞いてほしい」

国王の隣に立っていたカルタが叫ぶ。

波が広がるように、ざわめきが収まっていく。

静かになるとアーサーは立ち上がり、前に出た。

「本日これより、聖女の力で雲を消す儀式を行う。先日皆にも知らせたように、私たちも力を合わせなくてはならない！」

「おお！」

「承知しております」

アーサーの言葉に同意の声が上がる。

「わたくしたちも頑張ります！」

「頑張って力を合わせるわ！」

テラスの横で待機しているレラとタラも、拳を握り締めて意気込んだ。

「なんにもできない聖女だと思ったけど、そうでもなかったみたいね。晴れさせてくれるのなら、あたくしも協力してあげるわ」

あの嫌味なキャサリンもいる。

貴族も使用人も民も、皆やる気満々だ。

「すごい熱気だわ」

アーサーの横に座っていたマリカは、彼らの意気込みに圧倒されそうになるが……。

（わたしだって！）

皆の願いと期待に応えて、晴れた空を取り戻したい。それが本当の聖女で国王の妃だと思っている。

これが成功すれば、農村で困っていた彼らに幸せを届けられるのだ。フェルリア王国の未来は、マリカの力にかかっている。

（責任重大だわ）

この棒は一度しか使えないから、失敗は許されない。マリカは強いプレッシャーを感じ始めた。

（もし失敗したら……）

こんなに大勢の人を集めてダメでしたなんて、大恥もいいところだ。失望されるだけでなく、きっと嘲笑われるだろう。

ダメな聖女を王妃に召喚してしまったと、アーサーも民や臣下に敬われなくなってしまうかもしれない。

『役立たずな聖女ね。陛下がお気の毒だわあ』

キャサリンの顔と声で、マリカを責める様子が頭の中に再生された。他にも、自分を嗤う貴族の女性たちや、苦虫を噛み潰したような大臣たちの顔などが浮かんでくる。

(街や農村にいた人たちは、呆れるだけじゃないわね。きっと怒ってしまうわ)

悪い方へ悪い方へと考えてしまう。

(ああどうしよう。こんなこと、やめればよかった)

晴れさせるなんて安易に言うべきではなかったと後悔する。

緊張と失敗した時の恐怖で、マリカの身体は震えていた。膝の上で青い棒を、手が痛くなるほどぎゅっと握り締める。

「どうした?」

マリカが背中を丸めて震えていると、アーサーから声をかけられた。

「わ、わたし、恐くなってきて……」

顔を上げたマリカは、瞳を揺らして訴える。

「え……?」

アーサーが驚いて目を見開いた。

「じ、自信がないの。……こんな大勢の前で失敗したら……」

そこまで言うと棒を握ったまま両手で顔を覆う。

こんなことをこんな場面で言われたら、アーサーとて困るはずだ。それがわかっているのに、マリカの口から弱音がどんどん出てくる。

「わたし、注目されたことなどなくて。学校でも家でも、期待されたことがなくて……」

こんなとき、どうしていいかわからない。

「そういうことか……確かにまあ、これだけ集まっていたら、恐ろしく思っても無理はない」

「晴れなかったら、みんなにもアーサーさまにも申し訳なくて……」

「もしダメでも、それはあなたひとりの責任ではない。私も臣も民も一緒だ。気にすることはない」

「え……?」

マリカは顔を上げてアーサーを見る。彼は困った顔などしておらず、とても穏やかな表情でマリカを見下ろしていた。

「今回は、ひとりの力をみんなのために使うのではなく、皆の力をひとつにして行うのだよ。それは、私がずっと理想としてきたことだ。私だけが頑張るのではなく、皆で国を良くしていければと、かねてから考えていたんだ。それが今回、あなたのおかげでできることになった」

アーサーはそう言うと、マリカの手に左手を乗せた。

「もし失敗したとしても、王国が一丸となって祈り、頑張った事実は残る。結束は強まり、困難を皆で乗り越えていく力となるだろう。だから、あなたは案ずることはない。やるだけやって、結果は二の次だよ」

「アーサーさま」

見上げたアーサーから、後光が差したような神々しさと、溢れんばかりの優しさを感じた。

「ありがとうございます。わたし、頑張ります」

マリカは立ち上がる。

「うん」

笑みを浮かべてアーサーがうなずいた。

マリカは棒を持ってテラスの先まで歩いていく。見渡すと、城は群衆に囲まれていた。熱気とざわめきと大量の視線を感じる。

ふたたび逃げ出したくなった。

（だめよ！　アーサーさまやみんなの幸せがかかっているのよ。それに、わたしだけがや

るのではないわ。わたしはみんなの力を合わせるためにいるのよ）

マリカは棒を握っている手を空に掲げる。

風向きはいい。

見えないけれど、計算通りなら星の位置も今ならぴったりのはずである。

すうっと大きく息を吸った。

「クラウ　トウア　クラウ　トウア！」

天に向かって大声で呪文を唱える。

「クラウ　トウア！」

「「クラウ　トウア！」」

続いてアーサーが叫ぶと、群衆もそれに倣った。人々の声は地響きに似た振動を起こし、
その声はうねるように天に昇っていく。

マリカの持っている棒から青い光が天に伸びていき、呪文のうねりが巻き付いた。

（いけえぇえ！）

「クラウ　トウア！」

強く念じながらマリカは呪文を唱える。

だが……。

厚い雲はびくともしない。ずっと王国の空を覆ったままだ。

（やはり、失敗……？）

棒から出ていた光が次第に細くなり、輝きも弱まっていく。

細い糸のようになると、マリカや人々の発する声も小さくなった。疲れてきて棒を持つ手も落ちてくる。

すると、マリカの手をアーサーが包むように握り締めた。そのまま持ち上げられる。

「クラウ　トウア！」

アーサーが力強く叫んだ。

「「クラウ　トウア」」

周りの大臣たちも叫ぶ。

「「「クラウ　トウア」」」

人々もふたたび叫び始めた。

諦めるのはまだ早い、という目でアーサーがマリカを見る。

「そ、そうね。クラウ　トウア！」

気を取り直してマリカもふたたび唱え始めた。周りにもそれが伝わり、大臣も貴族も、大声になる。そして群衆へと、呪文の輪が広がっていった。

（光の線が！）

棒から出ている細かった線が、ふたたび太くなった。輝きも取り戻している。

（ここで諦めたらいけないのよ！）

マリカはアーサーに支えられながら呪文を続けた。王国中に響き渡るほどに呪文の声が渦巻く。

（熱い）

握っている棒が熱を発している。

そして。棒から出た光が突き刺さっている雲に、変化が起こり始めた。

（亀裂が入ったわ！）

雲がひび割れていく。

「割れているぞー！」

「うわあああ！」

大臣の誰かが叫ぶと、群衆からも叫び声が上がった。

網の目のように亀裂が入ると、雲は粉々になる。そして、北東から強い風が吹くと、綿毛のように吹き飛んでいった。

「青空だわ」

「ああ、なんと懐かしい」

「陽の光が！」

「眩しいけど嬉しい」

「「ありがとう聖女さま！」」

マリカに対して、怒濤のように感謝の声が押し寄せる。

（ああ……よかった……）

精魂尽き果てたマリカは、ふらあっと倒れていく。

「おっと！」

自分の身体をアーサーが受け止めてくれたところで、マリカの意識は途切れたのだった。


夢の中で、雨が降っていた。

そんなはずはない。雨は自分が止ませたはずである。いや、その上、雨雲さえも追い払ったはずだ。

空に向かって抗議をすると、灰色の雨雲がぱかっとふたつに割れる。雲の向こうにアーサーの瞳と同じ青い空が広がった。

美しい青い空。

そこに、一点の星が輝く。

昼間なのに星？　と思って見つめていると、どんどん大きくなった。

そしてそれは、天から地上へと降りてくる。

金色の髪と菫色の瞳を持つ赤ん坊だった。


「マリカ！」

名前を呼ばれて目を開けた。

「アーサーさま……」

心配そうに見下ろしている青い瞳の凛々しい男性に、マリカは笑いかける。

「ああよかった。ずっと目覚めないから心配した」

ほっとした声で告げられた。

「わたし、眠っていたの？」

頭の中がぼんやりしている。

「そうだよ。あの憎き灰色の雲を粉砕し、青空を私たちに戻してくれたあと、気を失ってしまったんだ。それから三日間。あなたは眠りっぱなしだった」

「まあ、三日も？」

気を失ったのは夢を見ていたほんの一瞬の間だと思っていたので、驚いた。

「四日以上目覚めなければ命も危ういと医師から言われて、気が気ではなかった。目覚めてくれて本当によかった」

アーサーはマリカの手を握り締める。彼の手の温かさとほっとした笑顔で、心から心配してくれていたことが伝わってくる。

「アーサーさま。わたし……雲を消せたのですよね？」

「ああ。素晴らしかった」

「あの灰色の雲は、この世界の悪い気が集まったものだそうです。それがなぜかフェルリア上空に留まってしまい、大雨が続きました。だから、今回あの雲を消したからといって、二度と雨が降らないわけではありません。以前のように、雨が降ったり晴れたりします」

指南書に記されていた注意書きを説明した。

「それを聞いて安心したよ。あなたにはなんとお礼を言えばいいのだろう。ありきたりな言葉だが、感謝している」

マリカの手を両手で包み、額を押しつけた。

「わたしだけの力ではないわ。アーサーさまと、みんなのおかげよ」

力を合わせたからこその結果だと返す。

「それもあるかもしれないが、私たちが力を合わせただけではどうにもならなかったよ。あなたの力と強い思いがあってこそだ」

「……だってわたし……この国と、アーサーさまを愛しているのだもの」

マリカはためらいがちに告白した。

「私……を？」

「わたし、ここに降りてきて、アーサーさまの妻になれて、よかった」

「それは以前にも聞いたが？」

「そうだったかしら。でも、何度でも言いたいの。……あのね、わたし、あなたの子を身ごもったみたいなの」

笑みを浮かべて告げる。

「こ……っ！」

アーサーは目を大きく見開いた。

そのあと、唇を噛みしめ、泣き笑いのような表情になる。

「それは、本当なのか？」

「ええ。本当だと思うわ。夢のお告げもあったけれど、心当たりもあるの」

ずっと月の使者が来ていなかった。この世界には月がふたつあるから、それで周期が狂っているのかと思ったが、そうではなかったのである。

「あなたが目覚めて、そして子を授かったとは、なんと嬉しいことだ。今日の日を神に感謝し、祝日にしよう！」

感激したアーサーは、本当にこの日を祝日にしたのだった。

第八章　幸せとお別れ

マリカが天から降りてきて一年後。

アーサーとの間にできた子が誕生した。ぷりぷりしたかわいい王子で、フェルリア王国の正統な後継ぎと発表される。

王国中の人々が歓喜し、祝福に沸いた。

アーサー譲りの金髪とマリカと同じ菫色の瞳をした王子はヘンリーと名付けられ、健康ですくすくと成長していく。

後継ぎの王子が聖女との間にできた子だという噂は、すぐに外国まで広がる。聖女を妃にしたアーサー王の力に恐れ戦き、フェルリア王国へ攻め込もうとするような外敵は激減した。

王国の天候は正常となり、作物は豊富に実り、戦もないため人々の生活は良くなっていく。

すべては順調で、幸福な未来へと突き進んでいったのだが……。

王子が成長し、王国が繁栄すればするほど、マリカだけが暗く沈んでいく。

その理由を、アーサーは知っていた。

マリカはもうすぐ、自分の世界に帰らなくてはならない。天界からの指令は、王子が一歳になるまでと聞いている。しかしながら彼女は、自分が産んだ王子を溺愛していて、王国や民のことも、深く思いやっている。

自分の世界に帰りたいけれど、離れるのが辛いというところだ。

(よくやってくれたからな)

ここに降りてきて雨雲を払い除け、初めて会ったアーサーに身体を許し、王妃として王国のために働き、そしてヘンリーを産んだのである。

マリカは容姿の美しさもさることながら、妻として王妃として、そして王子の母として最高に素晴らしい女性だ。できればずっとここにいてほしいとアーサーは思っている。

だがマリカは、元の世界に帰るのだという。

『ここは本来、わたしのいる世界ではないもの』

アーサーが一度だけ引き留めた際に、力なく首を振ってそう答えた。

『わたしのいた世界には、電気やガスというものがあってね。手のひらくらいの大きさのスマホと呼ばれる板で、なんでもできるのよ』

遠くの人と顔を見ながら話せて、オンラインゲームとかいうもので遊べて、書物もそれで読めるという。

コンビニの名称を持つ何でも揃う店が街中にたくさんあり、しかも真夜中でも営業していて、自動で動く馬車や空を飛ぶ乗り物まであるそうだ。

そんな夢のような世界に戻らず、不便なこの世界にいてほしいと、どうして言えるだろうか。せめてマリカがアーサーを愛してくれているのであれば、なんとしても引き留めるのだが……。

彼女は自分の世界に帰りたくて、アーサーの妻になったのだ。子を産み一歳になるまで育てなければ戻れないから、身体を許し王妃として働いてくれたのである。

賢い彼女は、アーサーを夫として愛してくれた。だがそれは期間限定のもので、心から愛してくれていたわけではない。

（そうなんだよな……）

自分は無骨な軍人王だ。彼女の好みではないことぐらい、わかっている。マリカは彼女がいた世界のような、何でも揃った男の妻になりたいのだろう。だから、愛する息子を置いてでも、戻りたいと言うのである。

（どんなに愛していてもマリカを手放さなくてはならない。彼女を諦めなくてはならないのだ）

それを思うと、アーサーはどうしようもない苦しさを感じるのだった。

（自分の産んだ子をこんなに愛しく思うなんて……）

マリカはもうすぐ一歳になるヘンリーを見て、ため息をついた。生まれてからこれまで、寝返りを打った、首が据わった、笑ったと、成長するたびに感動と喜びが運ばれる。夜泣きやかんしゃくに悩まされ、はいはいで目が離せなかったりと大変なこともあったけれど、子育てはそれを上回る幸福感を与えてくれた。

アーサーも、父親として育児にとても真摯に向き合ってくれて、こんなに素敵な男性はどこにもいないと、改めて思う。

なのに……。

この幸福を、もうすぐ捨てなくてはならない。自分の世界に戻って、女子高生としての人生を歩まなければならないからだ。

マリカは中庭でヘンリーとひなたぼっこをしながら、サーシャとの会話を思い出す。

あれはヘンリーを妊娠してしばらくした頃のことだ。

辛いつわりの期間が過ぎてお腹が大きくなり始めると、胎動を感じるようになる。自分の中に新しい命が育っている。これはアーサーとマリカが愛し合った結晶だ。そして、この子が生まれたら、マリカは元の世界に戻れる。

(でもそうしたら……子供にもアーサーにも二度と会えない)

実は妊娠した時点で、マリカはもう元の世界に戻らなくてもいいと思うようになっていた。この世界でアーサーの妻として、王妃として、そして王子の母として暮らすのもいいなと、考えるようになっていたのである。

ある新月の夜。

「サーシャ！　ちょっと話があるんだけど？」

マリカは王妃の間にある中庭に出ると、夜空に向かって呼びかけた。この世界には月がふたつあり、半年に一度はすべての月が隠れる新月の夜がある。その時だけ、魔界にいるサーシャを呼び出すことができた。

「なあに？　アタシ忙しいんだけどー」

ツインテールを揺らして、夜空からひょこひょこと階段を下るように降りてくる。マリカの正面に、迷惑そうな顔をして立った。大きさはマリカより頭一つ小さく、高学年の小学生くらいである。会うたびに少しずつ人間のサイズに近づいてくるが、服装はずっとフリフリのままだ。

「忙しいところ悪かったわね」

と言ってすぐ、サーシャの顔にフェイスシートの切れ端がついているのを発見した。どうやら顔パック中だったらしい。

「たいして忙しくないいじゃない」

顔から切れ端を取って見せる。

「あっ！」

サーシャは慌ててそれを取り上げると、ポケットに隠した。

「レディにとって大切なことよ！　そもそもアタシは、人間と違って長生きなの。こまめにケアをしておかないと、しわくちゃになっちゃうのよ」

おとぎ話に出てくる魔女がしわくちゃなお婆さんなのは、長生きなのにケアをしてこなかったせいだと、サーシャが言う。

「なるほどね」

納得してうなずく。

「で、何の用？」

サーシャが腕組みをして問いかけてきた。

「ああ、あのね、わたしこの世界にずっといようと思うの」

「えっ？」

マリカの言葉に、サーシャはものすごく怪訝な表情を向けてきた。

「ずっとって……元の世界に戻らないということ？」

確認するように問いかけられる。

「そうよ。アーサーさまと子どもと一緒に、ここで一生を過ごそうと」

「それはだめよ！」

マリカが言い終わる前にサーシャが強い否定の言葉を発した。

「なぜ？」

驚きながら問い返す。

「当然でしょ。マリカは天界から派遣されてきた聖女なのよ。派遣期間が過ぎたら戻らなくては、契約違反になるわ」

「だからその契約を無期限で延長すればいいでしょ？」

「無期限で延長……できないこともないけど」

「それならそうしてよ」

「でも、延長期間に入ったら、この世界は壊れて消えちゃうと思うわ」

「えっ？　なんで!?　ど、どういうこと？」

「世界の安定のために派遣された救世主は、使命を終えたら天界に戻る仕組みになっているの。かつて、マリカの世界に現れた救世主たちだって、ゴルゴダの丘で処刑されたり即身仏となって人々の前から消えたりしているのは知っているでしょ？」

「ええ……」

「天の力を持つ者がいつまでも地上にいると、世界の理《ことわり》が歪んでしまうの。歪めばひび割れて、いずれは壊れてなくなってしまう。そんなことにしないために、みんなその世界から出ていったってこと」

「わたしがいると壊れてしまうの？　ではお腹の子はどうなの？　ここにいられるの？」

「天界から命じられて生まれた子だから大丈夫よ。逆に、その子をマリカの世界に連れ帰ったら、あっちの世界が壊れる可能性はあるわね」

「じゃあわたしだけ、子どもともアーサーとも、この国のひとたちとも、二度と会えないの？」

「そうよ。普通の女子高生に戻るんだから、アタシとも会えなくなるわ。悲しいでしょ？」

「サーシャとはどうでもいいけど、でも、自分が産んだ子にも会えなくなるなんて……」

「ちょっと！　どうでもいいって何よ！」

サーシャの抗議も耳に入らず、マリカはお腹に手を当てて愕然とする。

「生き返るための契約だもの。諦めるしかないわね」

魔女らしい血も涙もない言葉だ。けれど、マリカが生き返るという希望は、そういう非情な契約で成り立っていたのだ。今更引き返せない。従うしかないのである。

ギリギリまでそのことは隠しておこうかと思ったが、子育てやアーサーの今後のことを考えると、彼にだけは出産してすぐに知らせることにした。

「わたしは契約通り、この子が一歳になったら自分の世界に戻ります。だから、アーサーはこの子を育てて、そして……新しい妃を……迎えてください」

泣きそうになるのをぐっと堪えて告げたのである。

「こんなにかわいい子を置いて戻ってしまうのか？　私はあなたがいつまでもここに残って、ずっと王妃でいてくれることを望んでいるのだが……」

アーサーは困った顔をマリカに向けた。それは当然のことで、子どもを残して妻に出ていかれたら、誰だって困る。王妃に逃げられたら国内外で噂になるだろう。

「子どもはかわいいしアーサーのことも好きだわ。でも、ごめんなさい。あと一年が限界なの……」

あと一年しかいられない決まりであることは告げず、この世界に我慢できないというふうにマリカは告げた。少し自分勝手で嫌な女になった方が、別れやすいと考えたからである。

マリカがいなくなったら、アーサーは王国のために新たな妃を迎えなくてはならないだろう。それならば、少し悪者になって消えた方がいい。

（いつまでも想っていてほしいけど……）

それは我が儘でしかない。そもそも、アーサーはマリカでなくとも、天から降りてきた聖女なら誰でもよかったのだから……。

マリカのことは聖女で王妃だから、子どもの母親だから愛してくれているに過ぎず、本物の愛ではないと思う。

もし元の世界のなんの取り柄もない女子高生だったら、見向きもしてくれなかったに違いない。

（そうよね……）

夫婦だけれど、本当に相手を愛しているのは自分だけだ。マリカだけがアーサーを心から想っていて、アーサーはマリカの持つ聖女の力と美しい容姿だけを愛しているに過ぎない。それでも、彼はマリカをものすごく大切にしてくれた。情熱的に何度も抱いてくれて、幸せな時間をたくさん共有し、優しくしてくれたことには感謝しかない。

マリカがいなくなっても育児は侍女たちがしてくれる。必要とあれば、新たな妃を迎えるだろう。フェルリアほどの大国なら、国内外にいる美女を選び放題だ。

（だからわたしは……自分の世界に戻るのが一番いいのよ）

マリカは自分に言い聞かせるように、心の中で言葉にする。切なくて、悲しくて、胸がぎゅうっと締め付けられた。

中庭の石畳の上を、はいはいしながら移動するヘンリーの姿が、溢れてきた涙で歪んでいく。

（だめよ。あと少しなのだから、ちゃんと見ていなくちゃ）

涙を拭い、ヘンリーの方へ歩いていく。

「それ以上は行けないわよ」

噴水のある池の縁に手を掛けたヘンリーに声をかけた。四つん這いの赤子に縁は高すぎる障壁である。

そろそろ抱っこして部屋に戻そうかと考えていたところ、アーサーが噴水の向こうからやってきたのが目に入った。

「もう昼食の時間なのね」

中庭は王の間と王妃の間を挟んだ場所にあり、庭に面した中間部分に食堂がある。ヘンリーは母乳から離乳食へ完全に移行しているので、そこで親子三人で食事を摂るようになっていた。

あと何回ここで一緒に食事ができるのかと考えたら、マリカは再び悲しい気持ちになってしまう。

(な、泣いてはいけないわ)

はっとして無理矢理笑みを浮かべた。

ひとつひとつを大切な想い出にしなくてはいけない。ヘンリーの誕生日まであと二週間弱である。泣かずに楽しまなくてはと顔を上げた。

「……?」

アーサーがマリカに驚いた顔を向けている。

「どうしたの?」

問いかけると、アーサーは黙ってヘンリーの方を指した。

「え……あっ！」

見ると、池の縁に摑まっている。

(危ないわ！)

マリカが駆け寄ろうとしたら、アーサーから手でそっと止められた。

「もしかして？」

「立とうとしているようだ」

マリカのそばに来たアーサーがうなずいた。

「まだ一歳になっていないのに、立てるの？」

「私は一歳になる前に立ったと、乳母が言っていたよ」

「まあ、アーサーさまに似ているのね」

ヘンリーは両手で縁を摑み、片膝立ちになっていた。ちょっとずつ腰が上がっている。

「そうだ、頑張れヘンリー！」

アーサーが声をかけながら近寄っていく。

「お膝を伸ばすのよ！」

マリカも声援を送りながら後に続いた。

「う……ぶうぅ」

二人の声援に応えるように声を発すると、ヘンリーの両膝が伸びる。

「やった！」

「立てたわ！」

アーサーはヘンリーがひっくり返らないように彼の腰を支えた。褒められたのがわかったのか、ヘンリーの顔が得意げだ。

「ああ、すごいわヘンリー、やったわね」

マリカも手を伸ばし、ヘンリーの頬に触れようとする。

そのとき突然、目の前が真っ白になった。

第九章　還俗

大きなクラクション。

わたしの目の前を、トラックが走り去る。

「え？　なに？」

フェルリア王国にある王城の中庭にいたはずのわたしは、道路の端で呆然と立ち尽くしていた。

見覚えのある通学路。

見下ろすと、わたしは高校の制服を着ていた。

「サ、サーシャ！」

大声で呼ぶ。

「はいはーい」

ピンクのヒラヒラドレスを着たロリ魔女が、ぽんっと目の前に現れた。マリカより少し小さいくらいのサイズになっている。

「なんなのこれ？　どうしてわたしは突然ここにいるの？」

「契約終了で、復活の石が天界から下賜されたのよ。それで、死ぬ直前に戻されたってワケ。本来ならあのトラックに轢かれちゃうんだけど、天界の配慮でちょっとズレた場所に復活させてもらえたのよ。よかったわね」

「よくないわ！　契約ではヘンリーが一歳になってからだったでしょ？」

アーサーともお別れできず、いきなり戻されてしまったことに憤る。

「あー。一歳っていうのはまあ、区切りがいいからであって、本当は自分で立ち上がれるようになるまで、っていう意味だったのよ」

「そんなこと聞いてないわ！」

「言ってなかったものねえ」

しれっとサーシャが答える。

「とにかく戻して！　せめてあと二週間一緒に過ごして、ちゃんとみんなにお別れをしたいわ！」

「それは無理よ。マリカはもう生き返っちゃったんだもの。天界にも異世界にも行けないわ」

「それなら、もう一度死ねばいいの？」

「それも無理ね。天界から復活の石を賜れるような依頼が来てないの。死んだら魂の倉庫に一直線だわね」

「そんな……」

サーシャの答えを聞いて、腰から下の力が抜けていく。わたしはへなへなと地面に座り込んだ。

「これからは、女子高生として楽しく生きてね！」

じゃあねと手を振ると、サーシャが目の前から消えてしまう。

「ま、待ってサーシャ！　お願い戻ってきて！　そしてわたしをあっちへ戻して！」

大声で叫んだけれど、サーシャがふたたび現れることはなかった。わたしの大声に反応して、塀の向こうにいる犬がわんわん吠えている。

「どうして……」

現実を受け入れられないまま、わたしは立ち上がった。犬の声を背中に受けながらふらふらと歩き出す。

角を曲がると、いつも寄るコンビニがあった。学校帰りにここでアイスを買うのが好きだったけれど、今は入ることさえしたくない。

ブブブブブっとポケットが振動する。スマホだ。

二年ぶりのスマホだが、現実ではほとんど時間が経っていない。画面にラインのメッセージが並んでいた。

『ネギ買ってきて』

母からだ。

『舞台のチケ予約お願い』

クラスの子からだ。

『授業時間変更のお知らせ』

塾からだ。

でも、どれもこれもどうでもいい。

悄然としながら家に戻った。

「ネギ買ってきてくれた？」

ドアを開けた瞬間、玄関にいた母親に問いかけられる。

「買ってない……」

ぼそっと答えた。

「やだ、役に立たない子ねえ」

いつものように呆れられる。

「母さん、そういう言い方はいけないよ。姉さんにも事情があるんだよ」

廊下に出てきた弟が母親を窘めた。

「事情ったって、ネギくらい」

「母さんは姉さんの顔をちゃんと見た？　すごく疲れた顔をしているよ」

「そういえば……具合でも悪いの？」

はっとして母親がわたしに問いかける。

「ううん。大丈夫……ネギ買ってくるわ」

わたしは二人に背を向けた。

「姉さん、俺が行くよ」

「いいの、わたしが行ってくる。まだ靴履いたままだし」

振り向かずに玄関から出る。

「あ、卵も一緒におねがいねー」

「疲れてるのにかわいそうだろ！」

母親の声に弟の声が重なった。

「あの子はホントによくできた弟だよねえ……」

商店街に向かいながらつぶやく。

誰からも好かれるしっかり者の弟。きっと気立てのいいお嫁さんをもらうに違いない。

父も母も祖父も、弟に面倒を見てもらって、幸せな余生を送ると思う。

本当に、わたしっていらないなあと、改めて感じた。

「わたしを必要としてくれるのは……」

アーサーとヘンリー、宰相のカルタや侍女長のパメラ、双子の侍女のレラとタラ、手を振り、歓迎と感謝の声をかけてくれたフェルリア王国の人々。ヘンリーの出産をお祝いしてくれた貴族の女性たち。

あのキャサリンでさえ、ヘンリーの誕生を祝ってくれていた。

手の中のスマホで、彼らと連絡を取ることはできない。

「せめて姿だけでも見えればいいのに」

スマホをポケットに戻し、とぼとぼと歩く。

「あ……」

道の先に水たまりが見えた。

あそこに落ちていた人形を拾わなければ、こんな想いをせずに済んだのである。

涙が溢れ、水たまりにぽとぽと落ちた。

落ちた涙は水たまりに輪を作り、幾重にも広がっていく。

「アーサーさま、ヘンリー……」

呼びかけても、水たまりは彼らの姿を映してはくれない。

くれない。

くれ……？

「——え？」

わたしは涙を溢れさせた目を思い切り開いた。

丸い鏡のような水たまりに、なにか映っている。

「あれは……カルタ？」

トランプの王さまが、庭でおろおろしている。よく見ると隣に女性がいて、泣いている子を抱っこしていた。

二人の女の子が手に何か持って振り回している。

「フェルリアの王城だわ！」

願いが叶ったのか、王城の様子が映っていた。母親がいなくなって、ヘンリーが泣いていて、それをみんなであやしているという感じである。

「あれはアーサーさま?」

庭に出てきたアーサーが、ヘンリーに何かを掛けた。

「わたしの寝間着だわ」

寝るときに着ていたレースのドレスである。匂いが残っていたのか、ヘンリーが静かになった。眠ったらしく、パメラたちが部屋に戻っていく。

「あ、待って!」

声をかけるけれど、届かない。

アーサーとカルタが、庭に散らばっているヘンリーのおもちゃを拾っている。お気に入りの犬のぬいぐるみが、離れた場所に落ちていた。

「アーサーさま、うしろよ、うしろ!」

大声で呼ぶけれど、聞こえない。

「んもう、行って拾ってあげたい!」

拳を握り締めて水たまりを覗き込んだところで……。

「行ってあげなよ」

という言葉と同時に、背中をどんっと押された。

驚いて振り向くと、サーシャが笑って立っている。

「な、なぜ?」

というわたしの疑問の声は、水たまりに吸い込まれてしまった。


身体が落ちていく。

聖女の時と同じく、ゆっくりゆっくり。

あの時と違うのは、空が晴れていて、マリカは聖女ではなく黒髪の女子高生のままなことだ。

もうひとつ違うものがある。

マリカの落下速度に合わせて、サーシャが隣にいた。

「ねえ、なんでわたし、異世界に落ちてるの?」

落ちながら問いかける。

「だって戻りたいんでしょ?」

「戻れないって言ってたじゃない」

「聖女のままではだめって意味で言ったのよ」

「なんですって？」

「本来のマリカの姿のまま異世界転生するのなら、世界は歪まないからオッケーなの」

「そうなのね！　でも、聖女じゃないわたしは、冴えない女子高生の姿のまま？」

「まあね」

「アーサーさまやみんなは、迎えてくれるかしら……」

聖女で美しいからこそ、アーサーは愛してくれて、みんなは敬ってくれたのである。そもそもマリカであるとわかってくれるだろうか。追い出される可能性もある。

「うーん。受け入れてもらえないかもー」

不安を口にしたマリカに、サーシャが容赦ない言葉をかけてきた。

「そんなお気楽に言わないでよ！」

目を剥いてマリカは言い返す。

「ま、ダメなら戻ってくればいいわ」

更にお気楽な言葉が戻ってきた。

「えっ？　行ったり来たりできるの？」

「一度だけよ。っていうか、異世界に定着できなければ、勝手に戻っちゃうのよ」

人差し指をぴんっと立ててサーシャが答える。

「定着って、どういうこと?」

「いくら元の姿とはいえ、異世界では異分子だわ」

「そうね……」

だから自分の世界に戻されてしまったのだ。

「そこに同化するには……」

第十章　愛の力

空からゆっくり落ちてきたマリカを、カルタや侍女たちが取り囲む。

「……？　もしかして、新たな聖女さまがいらしたのか？」

「前の聖女さまより地味なのね」

「服も変な形のを着ているわ」

着地して庭に座り込んでいるマリカを見下ろし、首をかしげている。

「わたしは、あの……マリカです」

信じてもらえないと思ったが、正直に答えた。

「えええ？」

「うそお！」

レラとタラは手を頰に当てて叫ぶ。

「何を言ってるのじゃ？」

カルタも顔を顰めて怪訝な目をマリカに向けた。急に現れた人物が聖女を名乗ったら、怪しいにきまっている。

予想通りの反応で、聖女と同一人物であることを信じてもらえないようだ。

（やっぱりこの姿で戻っても……）

聖女だったなんて思うわけがない。アーサーだってきっと同じだろう。聖女マリカを名乗る不届き者と、断罪されてしまう可能性だってある。もしマリカだと信じてもらえても、今はなんの取り柄もない女子高生だ。役に立たないから戻ってこられても迷惑だと思われるかもしれない。

（せっかく戻ってきたけれど、元の世界に帰してもらうしかないのかな……）

マリカは肩を落として立ち上がった。

せめてアーサーと王子の顔だけでも見たかったと思いながら、周りの冷たい視線に背を向ける。

空を見上げて、サーシャを呼び出そうとしたところ……。

「おかえりマリカ」

背後から声をかけられる。

(えっ?)

振り向くと、アーサーが笑顔で立っていた。

「アーサーさま……わたしがわかるの?」

信じられない面持ちで問いかける。

「自分の妻がわからなくなるほど、呆けてはいないよ」

(妻……って……)

「だ、だってわたし、髪の色も顔も手足も、前と全然違うのよ?」

唇を震わせながら訴えた。

「うーん。そうなんだが、いつも見えているあなたのオーラが同じだからね」

「オーラ? そ、そのようなものが、見えるの?」

「聖女らしい虹色の美しいオーラが、はっきりと見えている。あなたの美しさは、容姿だけではないのだよ」

「そ、そうなの?」

(わたしをわかってくれた……)

マリカの胸の奥から、じんっとするような想いがこみ上げてくる。瞳に涙が溢れ、視界が歪んだ。

するとその時……。

「マ———ム！」

背後から叫び声が響いてきた。

「マーム！　マー！　マー！」

王妃の間の入口で、パメラに抱かれたヘンリーが叫びながらマリカの方へ手を広げている。

「ヘンリーさま、あ、暴れないでくださいませ」

マリカの方に行こうと足をばたつかせているヘンリーを、パメラが必死に抱き締めていた。

「ヘンリー！　ママがわかるの？」

思わず駆け寄ると、マリカに手を伸ばしてくる。

「マ、ママーァァァ」

泣きながら抱きついてきた。

「今までほとんど話せなかったのに……」

ヘンリーをぎゅうっと抱き締める。愛しい子どもの匂いにほっとして、マリカの瞳から止めどなく涙が零れ落ちた。

「一週間近く母親に会えなかったからな」

近くに来たアーサーが言う。

「わたし、一週間もいなかったの？」

元の世界ではほんの数時間だった。

「そうだよ。アーサーが立った瞬間、あなたは消えてしまった。そしてもう、戻ってきてくれないのだと、諦めようとしていたところだった」

母親を恋しがり泣きじゃくるヘンリーを、みんなで宥めていたのだという。

「どうして戻ってきてくれたんだい？　あなたがいたところは、ここよりずっといい世界なのだろう？」

「いいえ。あなたのいるこの世界が、わたしにとってどこよりも素敵で大切な場所よ。だから戻ってきたの」

「だが……」

「その話はまたあとでゆっくりします」

子どもにしがみつかれたままではしづらい話である。

ヘンリーが眠ってしまうと、パメラに任せてマリカは王の間へ行った。

「同じ聖女なのに、こんなに地味な女子高生に変わってしまってがっかりしている？」

高校の制服姿のままのマリカは、居間の長椅子でくつろいでいたアーサーに問いかける。

アーサーは椅子から身体を起こすと、微笑みながら首を横に振った。

「前が眩しすぎたから、今ぐらいが私にはちょうどいい。それに、あなたが言うほど地味ではないよ？　以前の面影はちゃんとある。瞳は濃い菫色だし、顔もかわいらしい」

「わたしの瞳が？」

驚いてスカートのポケットからスマホを取り出し、自撮りモードにする。

「本当だわ」

アーサーが言う通り、マリカの瞳は紫がかっていた。しかも、覗き込んでいる間にも、暗い紫がうっすらと明るい菫色に変化していっている。

「わたしの瞳は焦げ茶だったのに」

「古くからフェルリア王国では、瞳は心を映す鏡と言われている。きっと菫色があなたの本当の色なのだよ」

「私もあなたの持っているものが不思議なんだが、それは一体？」

「不思議……」

マリカのスマホを見つめている。

「あ、これはスマホという電話で」

「電話？」

立ち上がったアーサーは、マリカの横に立った。

「えっと、遠いところにいる人とお話ししたり、写真を送ったりとかできて……え？　あら？」

画面を見せながら説明していると、スマホが透明になっていく。みるみる薄くなり、マリカの手から消滅した。

「消えたのか？」

「この世界のものではないから、元の世界に戻ってしまったのかも。存在してはいけないものがあると、世界を壊してしまうのですって……だから聖女だった時のわたしも、契約期間が終わったら戻らないといけなかったの」

「あなたはこの世界より元の世界に戻りたいからいなくなったのだ――と思っていたが、違っていたのか？」

驚きながら質問してきたアーサーに、マリカは優しい笑みを浮かべてうなずいた。

「……アーサーさまとヘンリーと、この国の人たちとずっといたかった。でも、この世界を壊すわけにはいかないから、戻るしかなかったの。わたしがいなくなるのなら、アーサーさまは新しい王妃を迎えなくてはいけないでしょ？」

聖女の自分をすぐに忘れられるように、ここにいたかったということは伏せていたのだと告げた。

「なるほどね。だが、あなたは今も異世界の者ではないのか？　また戻ってしまうのでは？」

アーサーの質問にマリカは大きくうなずく。

「ええ、先ほどのスマホのように戻ってしまうわ……けれど、戻らなくても大丈夫な方法があるの」

言いながらマリカは、アーサーの正面に向き直った。

「どうすればいいのかな？」

「えっと、そ、その前に、重要な質問があります」

「何かな？」

「アーサーさまは……わたしを、また妻にしてくださいますか？」

「今も変わらずあなたは私の妻だが?」

「でもわたし、もう聖女ではありません。力も使えないし、綺麗でもない……」

取り柄のない黒髪の女子高生である。

「私には十分美しく見えるよ。なにより、オーラは聖女のときのままだ。私はあなたの中にある美しさを、とても愛している」

「聖女じゃなくてもいいの?」

「マリカであれば何者でもいいよ」

「力もないのよ?」

「聖女だった頃に整えてくれていたから、もう必要ない。それよりあなたこそ、この何もない世界で、わたしのような無骨な王の妻でよいのか?」

「アーサーさまは無骨ではないわ。凜々しくて優しくて、素敵だわ。出会ってすぐから、お相手があなたでよかったって、思ったもの」

頬を染めてアーサーを見上げた。

「わたしは、アーサーさま以外の人の妻になりたくありません。わたしには、アーサーさまだけです」

きっぱりと告げる。

「嬉しい言葉だ」

アーサーは感動のまなざしで見つめると、マリカの手を握った。

「……それで、この世界にいられる方法というのは、どうするのか？」

ふたたび問いかけられる。

「ええと……わたしが異世界にいられるようにするには、その世界の人の子を、二人産まなくてはいけなくて……」

恥じらいながら答えた。

「ヘンリー以外に二人？」

「はい。しかも……二年以内に……」

上目遣いで追加する。

「なんと！　それではすぐにしなくては間に合わないではないか！」

「そうなるかしら……えっ？　ああっ！」

マリカが着ていた高校の制服が、透け始めた。

「服も元の世界に戻ろうとしているのか？」

「そうみたい……きゃあ、ま、まって」

徐々に裸になっていく。

「やだっ！　うそ！」

制服だけでなく、下着から靴まで消滅した。

「やぁんっ」

マリカは慌てて胸と足の付け根を手で隠す。

「再会を喜び、急いで愛し合えという思し召しかもしれないな」

アーサーは笑いながら自分が纏っていたマントを外した。全裸になったマリカをそれで包む。

「ありがとう。あ……」

マリカは自分の髪を見て声を上げた。

「髪の色も薄くなっているね」

「聖女のときのような色になっていくわ」

みるみる黒髪が銀色に変化していく。

「やはりこれが、ここでのあなたの本当の姿なんだな」

「そうなのかしら」

肌も白いし手足が若干長くなった気がする。

「元の世界のあなたも、聖女のような今のあなたも素敵だね」

「どっちでもいいの？」

「あなたであればどちらが妻であってもいいよ」

言いながら優しい笑みを浮かべた。

（それって、わたし自身を好きだということよね？）

アーサーの言葉と彼の素敵な笑顔に、マリカの胸がきゅんっとする。

「ありがとうございます。嬉しい……」

かけられたマントの合わせ目を、マリカはぎゅっと握った。

「それでは、あなたがここにずっといられるように、改めて婚礼の儀式をしよう。聖女の時にはできなかった本当の儀式を」

「以前のは本当ではなかったの？」

驚いて顔を上げる。

「簡易だったんだ」

「本当の儀式とはどのような？」

「それは向こうでのお楽しみ」

笑みを浮かべて言うと、マリカを横抱きにして運んでいくのだった。

国王の間に面した廊下の奥に、白い扉がある。銀色のつる草が絡まる装飾がなされていて、とても綺麗だ。

アーサーがマリカを抱いたまま、そこに向かって歩いていくと、衛兵が両側から扉を開いていく。

床に青い絨毯が敷かれていた。

「ここは？」

今まで見たことのない場所である。

「フェルリア王国の神殿に続いている」

マリカを絨毯に下ろしながら説明した。

「神殿があの奥に？」

黄金色の扉が奥に見えている。

「そうだよ。あそこには、王と王妃しか入れない。以前は、あなたは聖女でいずれは元の世界に戻ってしまうから、本当の王妃ではなかった。それで、簡易な婚礼の儀式にしたが、正式にはあの神殿でするんだ」

マントで身体を包んでいるマリカの手を引くと、黄金の扉へと歩いていく。

「大きくて輝いているわ」

「この神殿は、我が国ができる前から存在していたと伝えられている」

アーサーは黄金の扉をゆっくりと押し開ける。

「水晶？」

半透明の石が輝く部屋が現れた。壁や中央の階段、祭壇のようなものが半透明な石で造られていて、天井も同じ石がドーム状に組まれている。

「フェルリアクリスタルと呼ばれている貴石だ。大昔に神がここに降臨し、王を決めて国を作ったのが、フェルリアの始まりと言われている」

マリカを中へいざなうと、アーサーは黄金の扉を閉めた。

「大切な場所なのね」

キラキラとした部屋を見回す。部屋の中には、甘さを含んだ華やかな香りが漂っていた。

「歴代の王は、この神殿で神に祈りを捧げ願いを託した。私も、あの大雨を止めてくれるように、何日も泉の中で祈りを続けたんだ」

「泉？」

「あの階段の上に泉が湧いている。あなたとの婚礼の儀式に使った香油は、あの泉の水から抽出したものなのだよ」

「それで先ほどから、覚えのある香りがしているのね」

儀式の恥ずかしい記憶が蘇り、マリカは頬を染めてうなずいた。

「泉の中で祈り続けて百日目に、天井のあのあたりに光の玉が現れた。ここに聖女が降臨して雨を止め、私の妃になって世継ぎを与えてくれると、天啓を授けてくれたんだ」

それからほどなくして、マリカが降りてきたとのことである。

「二年前の今頃ね……」

思い返して懐かしみ始めたマリカに、アーサーは更に説明した。

「あの時は私の寝室で婚礼の儀式をしたが、本来はあの泉の中でするんだ」

「い、泉のなか？」

「おいで」

驚くマリカの手を引き、アーサーがクリスタルの階段を上る。

石のひんやりとした冷たさを足に感じた。

階段の上は円形の広場のようになっていて、中央に青色の水を湛えた泉がある。アーサーは自分の衣服を脱ぐと、マリカを包んでいたマントも取りはらった。

「さあおいで」

「ここに入るの？」

見るからに冷たそうだ。

「私と一緒だから大丈夫だよ」

「は、はい……」

そうだ。アーサーが一緒なのだから、恐いものなどない。この世で一番頼りになり、そして誰よりも愛している相手だ。

マリカは泉に足先を浸ける。

(冷たいっ！)

予想以上に水温が低い。しかも、泉の縁は階段状になっていて、どんどん深くなっていく。

泉の中央まで来ると、マリカの胸くらいまであった。

「冷たくて、さ、寒いわ」

震えながらアーサーに抱きつく。

「初めは冷たいが、次第に温かくなってくるから大丈夫だよ」

「そ、そ、そうなの？」

歯の根が合わず、温かいアーサーの身体にぴたりと寄せてしまう。

「あなたにそんな風に抱きつかれるのは、案外いいものだね」

嬉しそうにマリカの背中に手を回した。

「だって、寒くて……あ、あら」

アーサーの背中に回していたマリカの手が滑る。

「泉にはわずかながら油分が含まれている。だからちょっとぬるっとするんだ」

「そうなのね」

油分だけを抽出するとあの香油になるのだ。

ぎゅっとアーサーの身体を抱き締めようとすると、つるつると逃げていく。アーサーもマリカの身体を抱こうとして、手を滑らせていた。

「この中で、こんなふうにお互いの身体を確かめ合うのが、儀式の第一歩だよ」

マリカの乳房や腰などにも手を滑らす。

「わたしもするの？」

「してごらん」

うなずいたアーサーの胸に、マリカは手を当てた。ヌルリとした中に、彼の引き締まった身体を感じる。

腹筋が割れていて、太腿や背中にまで筋肉がついていた。

そして……。

「こ、ここも?」

恐る恐る彼の男根に手を伸ばす。

「もちろんだよ」

(……た、勃っている)

青い水の中で、アーサーの熱棒は上に向かって勃起していた。そっと握ると、つるりと滑り手から逃げる。

「あっ!」

「うっ!」

アーサーには淫猥な刺激になったらしい。

「だめだよ。こうやって、丁寧にしないと」

アーサーの手が、マリカの足の付け根に向かって滑り込んだ。

「ひゃ、あぁっ」

会陰部を滑っていく指に反応する。

「どう?」

割れ目を淫猥になぞられた。油水のせいで、アーサーの指がいつもより淫猥に滑っていく。

「はぁ、そこ……熱くなって……」

なぞられるたびに淫唇や秘芯が熱を孕み、じんじんとした感覚が伝わってきた。

「感じる？」

低い声で囁かれ、マリカはうなずく。

「ええ。あの、なんか……中まで、熱いの……」

「この中？」

淫唇を割って中に指が挿入された。

「はぁぁ……」

アーサーの指の熱さにマリカは思わず喘いだ。

(中だけじゃないわ)

アーサーと触れ合っているところに、温かさを感じていた。先ほどまで凍えるほど冷たかった泉の水も、全然気にならない。

「どう？」

「いい……です。でも、もっと」

「もっと？」

「アーサーさまが、欲しい」

彼の熱棒を泉の中で握り、ねだってしまった。

（わたしったら）

はしたない自分の言動に羞恥を感じるけれど、それよりも淫らな欲望の方が強い。そういえば、あの香油には媚薬の作用があると言っていた。

それならばこの泉もそうなのかもしれない。

（いいえ、絶対にそうよ！）

そうでなければ、こんなにあさましくアーサーを求めたりしない。

アーサーもいつもより性急だ。

「私もあなたの中に入りたくて我慢ができない」

マリカの両脇に手を差し込まれる。アーサーの顔の高さにマリカの胸がくるくらい持ち上げられた。水の中とはいえ、とても力強い。

「脚を開いて」

「はい」

命じられるままに開くと、再び下ろされた。

「ああっ、入って……」

ふ…

そそり勃った熱棒に貫かれる。

泉の水と一緒に、ぬぷぬぷと熱棒がマリカの蜜壺に突き刺さっていく。

「はあぁ、す、すごく、熱いっ、あんっ中が、灼けて……あああ」

アーサーの首にしがみつき、あられもなく喘いだ。

「私もたまらなく熱いよ。そして、すごく、感じる」

言いながら腰を突き上げる。

マリカの身体が泉の中で上下し、水音が響いた。

「ひあ、そんなにしたら、ああ、……っ！」

「締めつけが強いな。そして、たまらない」

蜜壺がアーサーの熱棒を逃すまいと、きつく締めつけていた。けれど、泉の油分のせいで、熱棒が滑り出る。

そしてまた勢いよく入ってきて、蜜壺の最奥を強く突いた。

「ああ、だめ！」

腰骨の奥が痺れるほどの快感に襲われる。

「すごいね」

滑りすぎて外れないように、しっかりと抱き合う。

「こんなに感じるのは……私たちのことを神が祝福してくれるからだよ」

「そう……なの？　あんんっ」

喘ぎながら問いかける。

「神に認められなければ、冷たいままだ」

今はまるで温泉に入っているように温かだった。

「アーサーさま……ずっとわたしと一緒にいてくれる？」

「もちろんだよ。ずっといる」

「わたしのこと……愛している？」

「出会った瞬間からずっと、愛しているよ。そしてこの先もね」

「嬉しい。わたしもずっと愛しているわ」

「幸せになろうね……」

「はい」

こうして二人は、高い官能の頂点へ一緒に駆け上がり、婚礼の儀式を完了したのである。

マリカが戻った翌週、ヘンリーは一歳の誕生日を迎えた。

「お支度は整いましたか」

王妃の間にやってきた侍女長のパメラが問いかけた。

「あと少しで完了でございますー」

「このヴェールを付ければ完成ですー」

レラとタラの双子の侍女が答える。彼女たちの間には、椅子に腰を下ろしたマリカがいた。光沢のある純白の布地に、レースやフリルをたっぷり使って仕立てられたドレスを纏い、膝上に白と緑を基調としたブーケを置いている。

「まあ、なんてお美しいのでしょう」

ダイヤモンドが輝くティアラにヴェールを付けたマリカを見て、パメラが賞賛の言葉を発した。

「す、少し派手ではない？」

正面に据えられた大鏡に映る自分を見て、マリカは戸惑う。縦ロールに巻かれた銀色の髪に豪華なティアラを付け、フリルとレースが溢れるウエディングドレスを纏っていると、まるで芸能人やおとぎ話のお姫さまのようだ。

「いえいえ、結婚のお披露目日パレードなのですから、地味なくらいでございますよ」

パメラが首を振る。

「とても素敵でございます」

「すごくお似合いでございます」

双子の侍女が続いて賞賛する。

「そ、そう？　ありがとう」

照れながらお礼を返す。

「さあ、それではお車寄せに向かいましょう」

「ええ」

パメラに促され、マリカは立ち上がった。

本日は、マリカが王妃として正式な婚礼の儀式を終えたことと、王子の一歳の誕生日を祝福するパレードが行われる。そのため、朝からマリカは支度に追われていた。

「ヘンリーは？」

息子とその乳母はどこかと、マリカは見回す。

「お支度が終わりましたので、すでに馬車へお連れしております」

「そう」

パメラの返事を聞いてうなずくと、マリカは王妃の間の出口へ向かった。繊細な刺繍を施した長いヴェールの後ろを、レラとタラが持っている。歴代の王や王妃の肖像画が並ぶ廊下を、マリカはゆっくりと進んだ。

（ここにいつかわたしの肖像画も並ぶのかしら）

この世界でアーサーと一生をともにすると決めたのだから、そうなるだろう。末代に恥ずかしくない王妃にならなくてはいけない。それには、アーサーやヘンリー、そして今日祝福してくれる皆が幸せに暮らせるように力を尽くすことが重要だ。聖女ではなくなったので力はないが、王妃としてできる限り頑張ろうと心に誓う。

（二年前のわたしには、想像もつかなかったことだわ）

あのやる気のなかった日々が夢のようだと苦笑しながら、車寄せへの階段を下りる。両側に大臣や衛兵たちが居並ぶ先に、前後が花で飾られた豪華な馬車が停まっていた。幌が外されていて、中にはすでにアーサーが乗っている。勲章が並ぶ軍服を身に着け、宝石で装飾された剣を手にしていた。

「お待たせいたしました」

開かれた馬車の扉の前で会釈をする。

「ああ、とても似合っているね。美しい」

笑みを浮かべたアーサーが、剣を持っていない方の手を差し出した。金色の肩章やボタンが、彼の金髪とともに輝いている。

「ありがとうございます」

アーサーの精悍な美貌にドキドキしながら自分の手を載せ、マリカは馬車に乗り込んだ。

「美しいあなたを見て、皆も喜ぶだろう」

「そうだとよいのですが……。あの、ヘンリーは？」

先に来ているはずである。

「待ちくたびれて、正門のあたりまで乳母と歩いていった。途中で拾おう」

「まあ、すみません」

「では出発しよう」

アーサーの横で馬に跨っているカルタに合図をする。勲章が沢山ついた宰相の軍服を着用したカルタは、飾り房と黄金球がついた指揮杖を振り上げた。

「それでは、王妃さまのお披露目とヘンリー殿下の一歳のお祝いを兼ねたパレードを、開始いたします」

宣言とともに、前方に並んでいた王軍の騎馬隊が動き出す。馬も騎兵も着飾っており、帽子につけられた羽根飾りが優雅に揺れている。

車寄せから王城の正門までは、貴族や城で働く者たちが並んでいた。拍手をしたり手を振ったり、歓声を上げる者もいる。

「やっと王妃らしくなったわね。これで我が国も安泰だわ」

貴族の列からキャサリンの声が聞こえてきた。

「あら、あんなにマリカさまを嫌っていたのに、どうしちゃったの？」

隣にいたメラニイが目を丸くしている。

「嫌ってはいないわよ。でも、か弱そうな聖女があんなにしっかりするとは思わなかったのよ」

「確かに存在感が増した感じがするわ」

「人間らしくなって王子さまも一歳になられて、認めないわけにはいかないでしょ」

これからは応援するわと、笑みを浮かべてキャサリンが手を振った。

（ありがとう。頑張るわ）

心の中でつぶやきながら、マリカはキャサリンに手を振り返す。

「マーム！」

正門近くで乳母に抱かれたヘンリーが叫んでいた。

「まあ、かわいらしい隊長さんですこと」

子供用の白い軍服を着ている。

「おいで」

アーサーが乳母からヘンリーを受け取ると、二人の間に座らせた。

三人を乗せた馬車は、前後を王軍の騎兵隊に守られながら王城の正門をくぐる。

「すごい人だわ。そしてすごい歓声……」

王城前広場から王都の街へ続く道には、大勢の民が詰めかけていた。

「マリカさまー」

「王さまー王妃さまー」

「ヘンリー殿下！　おめでとうございますー」

マリカたちの馬車が見えると大歓声が上がる。

歓声に驚くどころか楽しそうにヘンリーが手を振った。

「アーアー」

「この子は大物になるな」

笑いながらアーサーも手を振る。

「頼もしいわ」

マリカも同じく手を振った。

王都の街をめぐる間中、祝福の拍手と歓声が三人を乗せた馬車を包み、花びらが降り注ぐ。

「あなたは皆から愛されているね。これからも、この国と民のことをよろしく頼む」

「こちらこそ、アーサーさまが大切にしているこの国が良くなっていくように、精いっぱい頑張ります」

「ありがとう。あなたを永遠に愛しているよ」

「わたしもよ」

ヘンリーを挟んで、二人は馬車の中で口づけをする。

周りの歓声と拍手が一段と大きくなる中、三人を乗せた馬車は街中を進んでいくのだった。

終章

世界は神が創造する。

作りたての世界は不安定で、時には消滅してしまう。

フェルリア王国が存在した世界も、当初は争いと天変地異が同時に発生し、荒廃の一途をたどった。

せっかく作った世界なので、消滅させたくはない。神は天の力で落ち着かせようと、救世主を派遣することにした。

遣わされたのは、魔女が他の世界から連れてきたマリカという少女だ。

異世界の能力者は、異物であるがゆえに大きな影響を及ぼす。その力を利用することにしたのである。

聖女の修行をしたマリカがフェルリア王国に降臨すると、天変地異はすぐに収まった。

そして世界は急速に回復へと向かっていく。

国同士の争いは激減し、実り豊かでどこよりも安定したよい世界となった。

神は予想以上の成果に満足する。褒美として、ふたたび異世界に戻りたいというマリカの希望を叶えてやることにした。

マリカは異世界に戻ると、二人の子を立て続けに産み、その世界に定着する。

聖女であったときに生まれた王子は、次の王になった。

二人目に生まれた王女は、魔女の後を継いで魔界の女王となった。

三人目に生まれた王子は、時空を超えてマリカの世界に行くのであるが、その話はまたいつかどこかで。

あとがき

こんにちは。しみず水都《みなと》です。今回のお話は、現代と異世界を舞台にしたファンタジーです。ヒロインは聖女になって異世界へ行った女子高生。ヒーローはイケメンだけどにぶちんな異世界の軍人王。エッチから始まる二人がどのように心を寄せていったのか。そして二人の結末はどうなるの⁉ と、ちょっとだけハラハラして読んでくださいまし。

現代はヒロインの一人称。異世界は三人称で、ヒロイン視点とヒーロー視点をそれぞれの場面で楽しめる仕様にしてみました。

イラストを担当してくださった駒田《こまだ》ハチ先生、多忙ななかお引き受けくださりありがとうございました。作品の雰囲気にぴったりな絵柄で嬉しかったです。

担当してくださった編集さま、打ち合わせでいただいたご意見のおかげで、キャラがとても生き生きといたしました（特にサーシャが・笑）。ありがとうございます。

そして読者の皆様！『子作りミッション発生中⁉ 異世界で聖女に転生したら、軍人王に溺愛されまして』はいかがでしたでしょうか。楽しんでいただけることを願っております。

しみず水都

子作《こづく》りミッション発生中《はっせいちゅう》!? 異世界《いせかい》で聖女《せいじょ》に転生《てんせい》したら、軍人王《ぐんじんおう》に溺愛《できあい》されまして

ティアラ文庫をお買いあげいただき、ありがとうございます。
この作品を読んでのご意見·ご感想をお待ちしております。

✦ ファンレターの宛先 ✦
〒102-0072　東京都千代田区飯田橋3-3-1
プランタン出版　ティアラ文庫編集部気付
しみず水都先生係／駒田ハチ先生係

ティアラ文庫&オパール文庫Webサイト『L'ecrin《レクラン》』
https://www.l-ecrin.jp/

著者——しみず水都（しみず みなと）
挿絵——駒田ハチ（こまだ はち）
発行——プランタン出版
発売——フランス書院
〒102-0072　東京都千代田区飯田橋3-3-1
電話(営業)03-5226-5744
(編集)03-5226-5742
印刷——誠宏印刷
製本——若林製本工場

ISBN978-4-8296-6936-5 C0193